XXXXXXXXXXXX

Fay Weldon

食戒

〔英〕费伊·韦尔登 著
高剑 译

The Fat Woman's Joke

著作权合同登记号　图字 01-2015-3598

THE FAT WOMAN'S JOKE
Copyright © Fay Weldon 1967
　Simplified Chinese translation copyright © People's Literature Publishing House, 2017.
　All rights reserved.

图书在版编目(CIP)数据

食戒／(英)费伊·韦尔登著；高剑译．—北京：人民文学出版社，2017
ISBN 978-7-02-012982-9

Ⅰ.①食… Ⅱ.①费…②高… Ⅲ.①长篇小说—英国—现代 Ⅳ.①I561.45

中国版本图书馆 CIP 数据核字(2017)第 163180 号

责任编辑	张海香
装帧设计	李思安
责任印制	徐　冉

出版发行	人民文学出版社
社　　址	北京市朝内大街 166 号
邮政编码	100705
网　　址	http://www.rw-cn.com
印　　刷	三河市鑫金马印装有限公司
经　　销	全国新华书店等
字　　数	123 千字
开　　本	880 毫米×1230 毫米　1/32
印　　张	6.5　插页 3
印　　数	1—8000
版　　次	2018 年 6 月北京第 1 版
印　　次	2018 年 6 月第 1 次印刷
书　　号	978-7-02-012982-9
定　　价	35.00 元

如有印装质量问题，请与本社图书销售中心调换。电话：010-65233595

1

爱丝特·萨斯曼不认识住在伯爵宫的任何人,这成为她爱上这里的理由。无论白天还是晚上,透过地下室窗户的栏杆,她总能看到无数双腿从她眼前匆匆而过,这些肢体属于陌生人,属于那些她从未见过也不会再见的过客。这条街在每天清晨的四点到六点间会变得空荡荡,这份突如其来的沉寂反而会惊扰到她,迫使她醒来。起床之后,她会为自己沏上一杯可可,接着吃上一块买来的巧克力蛋糕,她总是会从蛋糕的糖衣部分吃起。和着宁静且无人打扰的夜色,她认为没有什么东西会比手上这份买来的巧克力蛋糕上的糖衣更美味了。

白天的时候,她会读上几本科幻小说,晚上她则会看看电视,剩下的生活就是吃东西、吃东西、喝东西,然后接着吃东西。

她吃冷冻薯条、豌豆,还有汉堡,她吃涂满买来的果酱和鱼酱的吐司,她吃烤豆子和即食布丁,她吃罐装的粥和牛油布丁,她吃袋装的蛋糕和饼干。她喝甜咖啡、甜茶、甜可可,还有甜雪利酒。

她觉得这是近些年来自己过得最惬意的假日了,但接下来她又意识到，自己其实并没有在度假，这就是她现在生活的方式，这种日子将持续到自己生命的终结。而后，她会吃上一块饼干，或者做一份吐司，然后把切片奶酪放在吐司上，然后通过烤制将奶酪和吐司融为一体，她回想起自己曾经也痴迷于烹饪，就像现在痴迷于享用美食一样。

　　她住的公寓既阴暗又潮湿，如同是为她量身定做的一般，房间里的家具都用钉子固定在了地板上，以防某个房客觉得应该卖掉或者烧掉这些家具。当自己周围的一切被一堆钉子掌控的时候，她觉得这种感觉实际上非常愉悦。对她来说，选择上的自由度越少越好。自出生以来，她还从来没有像现在这样，内心充满了安全感。

　　她以这种方式生活了几周了。时不时地，她会穿上一件旧了的黑色连衣裙，披上同样穿旧了的黑色外套，到史密斯书店里再买上几本平装的科幻小说，接着去超市采购更多的食物。当壁橱里塞满了食物时，她就会感到非常满足，一旦她的库存减少，她就会变得十分不安。

　　菲丽丝应该算是爱丝特朋友圈里最后一个会找到她的人。一天下午，她踏着轻快的步伐走下阶梯，来到爱丝特居住的地下室。菲丽丝今年三十有一，身材姣好，穿着一身漂亮的红色碎花休闲西装，头戴一顶和整体配搭协调的帽子——她衣着齐整，曲线性感，生活富有。这身打扮让她看上去充满朝气，但又显得傻乎乎的。

菲丽丝掸去扶手椅坐垫上的灰尘，坐了下来。她摘掉头上的帽子，把它放到桌上，然后用自己那双圆圆的、傻乎乎的眼睛盯着爱丝特，她的眼神里透着悲伤。爱丝特将身子放低了些，切下一片刚出炉的热黄油吐司放到手里。每当热乎乎的黄油从她指间滴落，沾在黑色连衣裙上时，她便用手在衣服上用力揉擦几下。

"我的爱丝特呀，"菲丽丝开口道，"发生了这些事情，为什么你都不和我说啊？如果我知道你需要帮助的话，我肯定会立刻就赶过来的。当然，前提是你留下了住址——"

"我不需要帮助。你觉得我需要什么样的帮助呢？"

"你怎么能那样一声不吭地就离开我们呢，我以为咱们是朋友呀，难道不是吗？如果在这种时候不能向朋友伸出援手，那还要朋友干什么呢？"

"什么叫'这种时候'？"爱丝特问道，黄油流到了她的下巴上，她赶紧用舌头舔了回去。

"我花了好几周的时间才找到你，你是知道我有多忙的。我叫艾伦告诉我你去了哪里，但他没有说，你的律师则是一问三不知，甚至连你的母亲都在回避这个问题，真是令人难以置信。最后我只好去找彼得，他告诉了我你的住处。对了，你觉得他的女朋友怎么样？我的意思是，他们在一起般配么？她对彼得的态度简直糟透了。彼得还是年纪太小，他不知道怎么去处理这些事情。我希望你别再吃了，爱丝特，你都快胖成气球了。"

看着自己身上仿佛被充了气的手掌和手腕，爱丝特笑了。这是一间积满污垢的公寓,地上的黄油和灰尘混杂在一起,散落在钉子周围。

"你真的不来点吐司吗,菲丽丝?这可是人类文明取得的伟大成就之一。制作吐司的原料必须是刚刚出炉的新鲜面包,你要先切上厚厚的一片,再把它迅速地烤一下,接着立刻抹上黄油,这样一来黄油就能保持半融化的状态。黄油必须要用无盐的,等你做好吐司之后再撒上盐。我推荐你用海盐。"

说着说着,爱丝特惊讶地发现自己竟然流下了眼泪。她用手背擦了擦脸,富含脂肪的脸颊上顿时留下了一道油腻的泪痕。

"不用了,谢谢,我不吃。咱们正聊着彼得的事情呢,你那个可爱的儿子,他现在正面临着人生中的重大时刻,他需要你在身边。现在的彼得就是一个迫切需要自己母亲陪在身旁的小男孩。还有,可怜的艾伦该怎么办?看到这些毫无意义的不幸发生在我眼前,我的心都碎了。我不明白这一切是怎么发生的,你们幸福的婚姻生活就这样化为乌有了。"

"婚姻就像是背在我身上的一座制度大山,"爱丝特说道,"这个负担过于沉重。"诚如她所言,就在爱丝特决意出走的那一刻,她感到婚姻仿佛化作一股压倒性的力量向她袭来,在这股力量之上,承载着整座人类文明大厦,包括城市与国家、知识与宗教、金融与法律;除此之外,还有文明的浮华、狂热的激情与人类的繁衍。在这种庞大体系的重压之下,艾伦与爱丝特之间闪过的任何一丝微小的敌对情绪,都会对他们的关系产生致命的影响。当她向自己丈夫的权威发起挑战时,她实际上是在与自己所知道的整个世界为敌。

"你说的话真奇怪。婚姻对我来说是力量的源泉,而不是什么重担。而且我肯定这才是人们对于婚姻的正确认识。你会回到艾伦身边的,对不对?告诉我你会的。"

"不,我不会。现在这儿才是我的家,我喜欢这里。这儿的生活风平浪静,我清楚地知道自己每天会过着怎样的日子,我掌控着一切,而且我还能吃东西。我简直爱死吃东西了。如果男人能激起我的欲望,我也能吸引男人注意的话,我可能会把性爱当作自己的乐趣。然而事实并非如此,所以我把吃东西当作兴趣。人吃多了就会变胖,但也仅此而已,不会再有人在我耳边喋喋不休。可是丈夫,还有孩子——天啊!菲丽丝,抱歉,我没有强大到可以去面对他们。"

"你现在表现得很不正常,你有没有去看过医生?我认识一个非常好的医生,他住在温坡街,他曾在我身上创造了奇迹。"

"我希望你能吃点东西,菲丽丝。看着你一动不动地坐在那里,什么也不吃,只是盯着我看,还无法理解我说的话,让我觉得很紧张。

"我猜你肯定相信身材的胖瘦会决定你幸福的程度,对不对?你觉得再瘦上一两英寸就能让自己获得真爱,是不是?你将美丽等同于性感,而身材性感的人就能得到幸福,我说得没错吧?你持有的女性观点太差劲了,菲丽丝。一个十六岁的小女孩如果抱着这样的想法倒无可厚非,因为她们整天都在幻想着'如果我的鼻子再挺一些、胸部再大一点、脸上的雀斑都消失不见,这个世界就完美了'之类的事情。但你不同,你这样年纪的女性还抱有如此想法,未免太粗俗了。"

"抱歉,但我和你的观点不同。充分利用自身优势才是这个社会的常识。你看待周围一切的眼光总是与众不同,你不像我们这些人一样墨守成规。但有些事我不得不坦白地告诉你,你现在的样子看上去太吓人了,你放纵了自己——曾经的你是那么迷人,我深知这一点,我甚至觉得格里喜欢你比喜欢我更多一点。格里对于女人的品味很高,这一点我不得不称赞他,要是他看上的女人还不如我,那种羞辱将会令人无法忍受。不过说来也怪,格里看上的女人类型总是和我差别很大,你说这是为什么呀?"

爱丝特从椅子上站起身来,层层肥肉顺着她宽松的衣服舒展开来。她走到壁橱前,在食物堆里摸索了一会儿,挑出了一罐浓缩蘑菇汤,她把罐头打开,将汤倒入锅里,放在炉子上热了起来。菲丽丝冲着爱丝特宽厚的后背继续说着话,看上去好像一只蜂鸟正对着一头犀牛叽叽喳喳。

"说真的,我其实并不在意格里喜欢谁。这不过是婚姻生活中很小的一部分,不是吗?女人最后总是要在这些事情上妥协的——这就是我在生活中学到的事情。"

"我可不会向任何人妥协。"

"格里的话题都是诸如此类的,也许他只是嘴上说说罢了。

有句话不是这么说的吗——说得最多的人往往做得最少。"

"女人总是会拿这样的话来安慰自己。"

"哎呀,"菲丽丝不想再继续讨论这个话题了,"爱丝特,我不知道你和艾伦之间到底出了什么问题,这一切都太突然了。为什么你要住在这么糟糕的地方?为什么是你选择离开,而不是他?我不相信他会把你赶出去,他是一个好男人,不像格里那么冲动急躁。你们看起来就是天生一对,你们的生活是那么安稳和充实。艾伦甚至从来不会谈论其他的女人,至少不会当着你的面谈论。有时候拜访完你们之后,回到家我就会哭,因为格里和我永远不会像你和艾伦那样亲近。我们两个人唯一亲近的时刻就是在床上,但即便是在床上我也没有丝毫的享受。这可是这个世界上最重要的事情呀,你能理解吗?现在你们两个人分开了,对我来说就好像是世界末日一样。突然间一切都变得好可怕。爱丝特,你让我感到恐惧。"

"你感到恐惧是应该的。你真的不来点汤尝尝?很好吃的——可能有点咸。不过这是浓缩汤的通病,要么淡得要死,要么咸得要命。"

"为什么我应该感到恐惧,爱丝特?有什么东西值得害怕吗?我想了又想但是没有想到答案。你让我觉得所有事情都在朝着我无法理解的方向发展。让我恐惧的原因不可能是格里,我知道他永远都不会离开我。他最多也就是出去和那些肮脏下流的女人干些肮脏下流的事情,但对他来说这就是逢场作戏。每次他都是这么跟我说的。他是一个热血男儿,你知道的,所以这些行为都是可以理解的。像我这样的女人必须学会去容忍这些事情。而且从某种程度上说,这种程度的忍让也会给我带来好处,比如说当我要给自己找些乐子的时候,他就不能责备我了,不是吗?"

"然而他会的。"

"要是那样的话他就太不可理喻了——当然他也不是一个通情达理的人,但这也正是我爱他的地方。要是我能遇到一个充满魅力的男人就好了,这样一来我就可以跟他展开一段热情、奔放的浪漫爱情故事。然而现实中并不存在这样有魅力的男人,你说这是为什么啊?话说你还没有回答我的问题呢,爱丝特,为什么你觉得我应该感到恐惧?"

"因为你正在变老。一幅孤独终老的画面正潜伏在你的大脑表层之下,它终有一天将跳脱出来成为现实,到那时你就会意识到自己未来面对的不是什么充满生机的牧场,而是一片荒凉的屠马场。所有人都是孤独的个体。有人曾说'没有人是一座孤岛'——说这话的人简直是滑天下之大稽。因为我们每个人都是一座孤岛。你总有一天会死,但格里不会跟着你去死。格里也有死的那天,但你不会随他而去。日子还要过,咱们还是会像原来那样,各自孤独地生活下去。如果你用心去体会我说的事情,那么你可能心生恐惧的事情简直无穷无尽。来点汤尝尝吧。要是我加入一整罐奶油,也许汤会更好喝,再来点番茄酱还能盖住那股锡的味道。"

"你才刚刚讲完这个世界上最可怕的事情,现在竟然还有心情叫我吃东西?!"

"有何不妥。一件东西总是会变得无用,变得破旧,变得谁都不再需要,你不可能永远阻止这一天的到来。很快,小菲丽丝,你就不会再涂趾甲油了。我猜你现在参加宴会的时候就不会再穿你最好的内裤了。这些事对你来说迟早都会成为过去时,就如同对我来说一样,而且那些所谓的爱情呀、母性呀、浪漫呀,也会随着时间的推移变得像之前做过的梦一样,可能还是噩梦。你的生活也会变得像我现在经历的一样——吃饭、喝水、睡觉、读书——这些都是治疗你内心的药,虽然不像性爱那样疗效显著,但它们的药效更平缓、更安全。你要吃点坚果吗?"

"疯子①?谁?噢——我明白了。"

爱丝特把一碗坚果端到菲丽丝面前。

"坚果可是好东西,"爱丝特说道,"你从中间咬开它们,它们的里面又白又纯又干净,而外面却有点咸,有些脏,甚至有一丝性感。吃完坚果之后你的嘴巴会变得酸痛,于是你会再吃上一大口,看看让你嘴巴变痛的元凶究竟是不是这些家伙。"

"爱丝特,吃这么多你会生病的。你已经把自己的身子弄垮了,你需要重新振作起来。你要开始新一轮的节食减肥了。在这

---

① 原文为nuts,即疯子之意。通过上下文可知,爱丝特使用的为坚果(nut)的复数形式,仍为坚果之意。

些糟糕的事情发生之前,你和艾伦不就是在节食减肥吗?我从没想过你能坚持下来,但是你做到了,我很佩服你的毅力。但是看看你现在的样子,之前的成果全都白费了。"

爱丝特充满厌恶地看着菲丽丝。"滚!从我的家里滚出去!"她整个人向菲丽丝扑了过来,她的指甲布满污垢,她的脸上全是油渍,她的眼中露着凶光,她的全身散发着危险的气息。"滚出去!我可不想听你说废话!我来这里是为了过上安静的生活。我不想再见到任何人!你究竟想从我身上得到什么好处?!"

"我想帮助你。"

"别傻了,帮助我?!你现在就像一个疯疯癫癫的老太婆,猛拍着监狱的门,等着看犯人被绞死,你的目的就是为了在事发现场看热闹。不过我这里可没有什么热闹可看,就是一个胖女人在吃东西,仅此而已。你可以在任何时间、在任何一家咖啡馆里看到像我这样的胖女人,她们满大街都是!"

"你现在情绪有点激动,爱丝特。"菲丽丝没有退缩,继续说道,"我是你的朋友,你在有困难的时候却没有找我帮忙,我的心**好痛**。"

爱丝特抬手打了下脑袋。

"这才叫'**好痛**'!我受够了!告诉我现在应该做些什么?安慰你那些愚蠢的小担心吗?你把发生在我身上的一切都当作什么了?儿戏吗?这是我们的生活,是我们这辈子只有一次的生活!是令人绝望的生活。你跑到我这来,向我哭诉说你的心好痛,而且你心痛的原因在于我——一个濒临死亡和处在崩溃边缘的人——没有向你诉说诸如'哎呀,他怎么能这样狠心地对我''哎呀,你知道他说了什么话么''哎呀,你知道他做了什么事么'之类的话语,难道向你哭诉就能让事情变好吗?!菲丽丝,算我求求你,也为了你自己好,你能不能离开这里,放我一个人生活?"

"不行。"

爱丝特投降了。

"好吧,好吧,那我就告诉你到底发生了什么。也许当我的不幸填满了你的胃口,你就能心满意足地离开了。不过丑话说在前头,我的故事可不是那么令人愉快,你在听的时候可能会变得不安,也可能会生气。我的故事有着跟其他故事一样的起承套路,但却没有结尾,我的故事能够给你很多启示,但却不会告诉你答案,我的故事里充满了笑话,要是没有这些笑话,这个故事也许还算不错。你之前肯定没有听过类似的故事,你会发觉自己很难忍受故事里发生的事情。你现在可以找个舒服点的姿势,等你坐好了之后就告诉我。"

"好了。"菲丽丝坐定,将双手优雅地放到腿上。

"那么,我开始了。"

同一时刻,在位于汉普斯特德的一间公寓阁楼里,另外两个女人正在聊天。一个名为苏珊,今年二十四岁,另一个唤作布兰达,芳龄二十二岁。这里是苏珊的公寓,布兰达替代了她刚刚分手的男友,成为了她寂寞时候的陪伴。苏珊正在为布兰达画肖像——这段日子里,只要苏珊下班回到家,就会立刻换上一件灰褐色的工作服,接着拿起画笔开始作画。她说绘画为她的生命赋予了意义。

苏珊的个子高挑,身材瘦削。她有着一头浓密的金色直发,生来一双凤眼,绿色的瞳孔为她平添了几分神秘感,她的颧骨很高,鼻子是她五官中最引人注目的地方,脸上的表情透着一股聪明劲儿。每次绘画的时候,她都能透过布兰达身后的镜子看见自己的模样,她很喜欢从镜子中窥见的身影。

"真遗憾啊,"她对布兰达说道,"你的腿太粗了。不然的话,以你的魅力,足够在大街上引发一场交通堵塞了。"

布兰达双腿修长,但大腿却很粗壮。不过从侧面看,她其实和苏珊一样苗条。她有着圆圆的脸蛋,脸上的表情总是一副天真烂漫的样子。她觉得苏珊过着一种放荡不羁、令人神往的精彩生活。

"那我能对我的腿做些什么呢?"

"别穿裤子。"苏珊答道。

"但是穿裤子方便。"

"女人天生就是爱找麻烦的生物。你既然生为女人,就该做这些麻烦事儿,要不然你还是当个男人比较好。"

"老天爷真不公平,我可没叫他给我生出一双象腿来。"

"我敢肯定那样的腿一定好生养。"

"我能看看你的画么?"布兰达总是幻想着有一天苏珊能为她画上一副完美的侧身像,然而苏珊并没有这么做过。

这时电话突然响了起来。

"你最好去接一下,"苏珊说道,"如果是艾伦打来的,那么就告诉他我不在家,就说我一个月前去了乡下。"

然而电话并不是艾伦打来的,只是打错了而已。

"也许你应该打给他,"布兰达大着胆子说道,"那样一来你就不会表现得这样紧张了。"

"我没有在紧张,"苏珊解释道,"我只是有些心烦意乱罢了。所有人都是这样,爱一个人就是会让人心烦意乱,这才是问题的关键所在。"

"那么他妻子呢? 她也会心烦意乱吗?"

"我倒不认为她会有多么心烦意乱。就像你在捕鱼的时候,鱼是不会感觉到疼痛的。用艾伦的话来说,她控制情感的神经比较迟钝。"

"如果我和一个已婚男人交往,我会感觉很糟糕。"布兰达说道。

"为什么?"

"我会为他的妻子担心。"

"你跟我的想法差别真大。你基本上是站在妻子和家庭的角度思考问题的。而我压根儿就不喜欢妻子这种生物。我觉得任何一个已婚的男人都更喜欢跟我在一起,而不是跟他们的妻子一起。妻子是一群乏味沉闷、令人讨厌、无聊至极、占有欲又极强的人类集合体,妻子这样的身份属性赋予了女人这样的本质特征。而我则举双手赞成'性爱自由'。就让最优秀的女人笑到最后吧!"

"如果你结婚了,"布兰达说道,"你就不会这么说了。"

"老天爷不会允许我这么做的,"苏珊说道,"即使我结婚了,我也会让自己做得比世界上任何女人都更出色。我不会放纵自己。"

"艾伦压根儿就不像是你喜欢的类型。"

"我没有喜欢的类型。有时候你真是很俗气。你对性爱、艺术还有很多事情真是一无所知。"

"看起来你对我的评价很低啊,我不知道为什么你还总想给我画肖像。这是份累人的差事。"

"你有着一张迷人的脸,"苏珊说道,"要是你能为自己这张脸做点什么就好了。"

"做点什么是指?"

"赋予它一种风格,或者摆出适合这张脸蛋的表情。"

"什么样的表情适合我呢?"布兰达有些焦急地问道。

"我哪知道。我开始感到无聊了,咱们去酒吧怎么样?"

"我不喜欢待在酒吧的感觉。周围挤满了那些散发着难闻气味的人,他们一个个都醉醺醺的,根本不知道自己在做什么。上次我在酒吧还看到一个男人撒尿,他真是醉得一塌糊涂。在酒吧里你根本没办法和人聊天。"

"你去酒吧是为了享受,而不是为了聊天。酒吧里的交流是在一个完全不同的层面上。有时候我觉得你应该回家,回到妈妈的身边,你压根儿就没有独自生活的能力。"

"好吧好吧,我们去酒吧啦。但你能不能跟我说说艾伦的事情。"

"他有什么好说的?你想知道什么?你这个小色鬼。"

"我可不想知道你们在床上的那些事儿,我只是想知道你的**感受**。我觉得自己已经跟不上你的脚步了。从某种程度上说,你们的关系是大人之间才会有的东西,我自己还从来没有经历过。"

"他那时候正在节食减肥,"苏珊说道,"那可是女人才会做的事情。总的来说,他做过的那些男人都会做的事儿说起来没什么意思,反倒是他做过的那些只有女人才会做的事儿很有趣。"

"男人从来不会让我感到没意思,"布兰达说道,"其他事情可能会,但我还从来没有因为和男人在一起而**感到无聊过**。"

"那你还真是幸运。但那不是我想表达的意思。有时候你还真是笨得可以。"

苏珊脱下了工作服,布兰达穿上了鞋子。

"你永远不了解男人,"苏珊一边说着,一边拉上了衣服的拉链,她穿了一件开领的蕾丝连衣裙,裙子下面是一条肉色的连体丝袜。"那些一开始最有趣的人,到后来总是会变成最无聊的人,反过来也一样。"

"如果是那样,"布兰达说道,"那么女人嫁给一个没有和自己上过床的男人就会变得很荒唐,不是吗?想想过去那些可怜的处女们,她们害了相思病,幻想着自己能够早日出嫁,但注定这一生都会过着无聊的日子。简直太可怕了!更可怕的是我母亲竟然还希望这样的婚姻制度能够永远延续下去!"

"所有的人类行为,"苏珊一边画着眼线一边说道,"都很荒唐。"

布兰达戴上了她的骑师帽后,两人便离开了公寓。她们是一对迷人的组合,街上的人们都忍不住盯着她们看来看去。

爱丝特的嗓音十分柔和,这也是她身上最初引起艾伦注意的几个地方之一。现在,爱丝特正讲述着她的故事,轻柔的言语从她的双唇中缓缓流出,菲丽丝着实费了一番力气才听清她说的是什么。

"艾伦和我早已习惯了大吃大喝的日子。每个人都有着自己排解现实压力的方法,我们都需要找些事情来小小地慰劳一下自己。对格里来说就是去和女孩上床,对你来说就是去容忍格里的风流,对曾经的艾伦和我来说就是吃东西。所以你不难想象之前的那场节食减肥把我们搞得有多么脆弱。"

"我希望你在谈论你和艾伦之间的事情时,不要再用'曾经''之前'这样的词语了。"

"我知道这只是四周前发生的事情,但对我来说却像是隔了四十年。我和艾伦的婚姻已经结束了。请不要插嘴,我正要向你解释食物是如何主宰我们日常生活的。艾伦一整天都坐在他那间大大的办公室里,不时地喝上几口咖啡,抑或是啃上几块饼干,接着计划当天的午餐食谱,他通常会选择冷鸡肉、沙拉,还有葡萄酒作为工作午餐。而我则整日待在家里规划着一天的菜单,接着去采购食材,然后回来做饭,再把做好的饭菜端上桌。在烹饪时我会不断地品尝味道、搅拌食材,目的是为了把饭菜做得更加香甜可口,更加精致美味,好让艾伦一回家就能大饱口福。如果我们被人邀请到外面吃饭,我会有一种上当受骗的感觉。虽然我会花上一整个下午的时间精心打扮自己,尽量减少岁月在我身上留下的印记,努力让身材不成为影响美观的负担,可是那种被欺骗的感觉丝毫不会减少。"

"你的厨艺十分了得,格里以前经常夸你是英格兰最棒的厨师。每次你们来我家做客,我都会愁得快要疯掉。为了不让自己丢人现眼,我要耗掉一整天的时间和精力来做出一桌还说得过去的饭菜。然而即便如此,我做出来的东西也总是拿不出手。"

"不会做饭的人就不要试着去做了,这门手艺是上天赐予你的礼物,如果你没有得到它,那么就别奢求了。抛开饭菜不谈,以前我还是挺喜欢去你们家里做客的。你和格里总是会争吵斗嘴,或委婉或直接地挖苦对方。艾伦和我则会待在一旁看热闹,沉浸在酒足饭饱的胃部给我们带来的安全感之中,产生一种我们真的很幸福、真的很美满、真的很般配的错觉。无论是今天,还是四周之前,我都认为当时的我是真的觉得自己很幸福,生活里虽然有些不如意的事情——比如艾伦正在写的小说,那本让他无法专注于工作的所谓'作品';还有彼得的早熟;还有我对于这个家的厌倦,以及自己不断衰老和发福的现实——但这些都不过是晴朗的天空里偶尔出现的小小乌云罢了。当然,现在我终于知道了真相,它们根本不是什么小小乌云,而是凶残猛烈的暴风骤雨。可肚子里塞满食物的人会对这些东西视而不见,没有人比他们更盲目了。"

"我不太明白你在说什么。"

"如果你认真听我的故事,你就会慢慢理解了。你确定要我继续说下去吗?"

"我确定。哎呀,爱丝特,你还没吃饱呀!"爱丝特正在从包装袋里取出几块冷冻的炸鱼条。

"从今以后,我再也不会去做自己不愿做的事情了。那天晚上在你们家里,艾伦和我决定节食减肥,那时的我们自以为是地认为我们能够做到。"

菲丽丝·福瑞泽家的客厅装饰得十分豪华,屋子里没有堆放多少杂物,房间的整体色调显得苍白,给人以整洁宁静之感。然而,随着萨斯曼夫妇的到访,这种整洁看上去就像是个谎言,所谓的宁静也不过是种伪装。和他们的房间一样,福瑞泽夫妇彬彬有礼的表现也透着一种惺惺作态的违和感。菲丽丝的脸颊红润得过分,格里笑起来的嘴咧得也太大了。爱丝特觉得菲丽丝家的门铃就像是一个隔断装置,一旦按下,便把激情和愤怒等情感都挡在了门外。格里是一个精力充沛的聒噪男人,体型是菲丽丝的两倍,他是个事业有成的土木工程师。

"希望我们没有来得太早,"爱丝特说道,"我们不得不坐出租车来,你知道的,我们刚买的那辆新车又出毛病了。"作为寒暄,菲丽丝亲吻了爱丝特,接着格里也吻了她,还趁机拥抱了她很长一段时间。艾伦则是小心翼翼地轻轻吻了下菲丽丝,吻的时候还显得有些尴尬,接着同格里握了握手。当他们坐下来享受餐前酒水时,格里可以从自己坐的位置窥见爱丝特丝袜前端露出来的大腿肌肤。爱丝特注意到了这点,但她却没有丝毫遮掩的意思。今晚的爱丝特看上去比平时身材更加伟岸,更加引人注目——她明亮的双眼中闪烁着光芒,原本苍白的大脸此刻也显得容光焕发。坐在一旁的艾伦则有些相形见绌,虽然当他独自一人时也是相当引人注目的——他的块头也不小,身材壮硕。他有着一张粗犷的瘦脸庞,看上去精明能干,他的谈吐温文尔雅,举止彬彬有礼。现在艾伦正挺着肚子坐在沙发上,他的大肚腩显得很不安分,似乎随时都会冲开身体的束缚。艾伦已经在同一家广告公司干了十五年,现在他身居要职,备受尊重。他担任的职务头衔是"创意执行总监"。

"我对汽车的内部构造一窍不通,"艾伦开口道,"但是我买的新车每次都是跑了没几天就出问题了,慢慢地我就对汽车的内部构造有了一些认知。车子坏了之后,你要面对的就是修理厂、保险单还有各种各样的麻烦,到头来我就会后悔自己当初为什么没有买辆自行车。我甚至不明白自己为什么要买汽车。但事情就是这样莫名其妙地发生了。我觉得也许是被我自己的广告蛊惑了才会一辆接着一辆买这些东西吧,谁让我耳根子软呢。"

"你还真是能平静地接受这些,"格里回应道,"换作是我买了这样一辆破车,我就会把某人的脑袋拧下来。"

"也就你这样充满激情的人能做得出来,我可没有你这么冲动。"

"英国的工人就是这样没用,"格里骂道,"这个时代任何优秀的设计都拉高不了那些工人的智商水平,他们简直愚蠢得无可救药。"

"哎呀,亲爱的,请不要再说这个话题啦,"他的妻子恳求道,"每当我听到你说'这个时代',还有'英国工人',我的心就会咯噔一下子,因为我知道你肯定又要开始长篇大论了。"

"一个人买了一辆新车,花了很多钱,现在新车发生了故障,出于礼貌,咱们也应该多关心关心,菲丽丝。"

格里给每个人都斟了满满一大杯酒——每个人,除了他的妻子。

"我的怎么那么少!"菲丽丝叫道,她的声音有些发颤,"我的喉咙都干死了。"

格里极不情愿地给她倒了一小杯,就像一个丈夫每天只允许他嗜酒成性的妻子喝一点儿一样。实际上菲丽丝极少喝多,当她丈夫喝完一整瓶苏格兰威士忌时,她也才差不多喝完一英寸左右深度的金酒,而她喝酒的初衷也只是为了在来月事的时候让自己的身体好过一些。

"我讨厌这些关于汽车的话题,"借着格里对她态度缓和的机会,菲丽丝壮了壮胆子说道,"你不也是吗,爱丝特?这些东西太无聊了。"

"如果你在某件事情上花了大量的金钱,你就不会觉得它无聊了。"

"你的妻子,"格里轻蔑地看了一眼菲丽丝,接着说道,"真是一个聪明绝顶的女人。"

爱丝特扭了扭身子,故意露出更多的大腿肌肤,好让格里能够看到。每个人都有了些许醉意。

"有些时候,"艾伦说道,"我会感到担心,因为爱丝特好像什么都知道,而另外一些时候,我又会担心她什么都不知道。"

"为什么?难道你对她有所隐瞒吗?"菲丽丝问道。

"我对我的爱丝特没有任何隐瞒。"

"你在背着我写东西,或者说你在极力隐瞒着不让我知道。你把你写的东西锁了起来。"

"写东西?"福瑞泽夫妇大吃一惊,"写的什么?"

"艾伦最近一直在秘密地写一部小说。他上周把写完的稿子寄给了一个版权代理。现在我们正在等待回音。等待的过程让他脾气变得很坏。千万别问我他写的是什么。"

"小说的内容是什么呢？我们有没有在故事里出场？"

"没有，"艾伦简短地答道，"你们没在里面。"

"他只会把自己写进去。"爱丝特说道。

"你怎么知道？"艾伦猛地回头瞪着爱丝特。

"我只是猜的，"她答道，"或者说是从最合理的可能性中推理出来的。有什么问题吗？难道我说得不对吗？"

艾伦没有回答，其他人聊了一会儿便对这个话题失去了兴趣。菲丽丝转而问起彼得的事情。

"他就是不能把精力集中在学习上，"爱丝特说道，"他的性生活太丰富了。不过我觉得这也无所谓。他天生就是一个学习能手，总是能通过考试，他还是运动天才，现在担任着板球队的队长。'失败'这两个字从来不会出现在他的字典里。"

"彼得正毫无畏惧地在生活的航线上横冲直撞，"艾伦说道，"我们很少关注他，而他则是根本就不会关心我们。"

"我们开餐吧。"菲丽丝说道，她觉得彼得是个好孩子，但却不认为他是个好儿子。

"我们还在喝酒呢，"她的丈夫说道，"让我们清净会儿。"

"但我怕牛排会煎老了。"

"牛排可是神圣的料理。"艾伦说。于是他们起身来到餐厅，墙壁上贴的是威廉姆·莫里斯①式壁纸，餐桌上铺着一块全黑色的桌布，桌子上摆放着卢臣泰②生产的纯白瓷器，壁纸与餐桌的陈设形成鲜明对比，二者相得益彰。

他们围坐在餐桌前。

"艾伦可吃不了太老的牛排。他喜欢中间还带有红色和血水的牛排。我觉得他和那些茹毛饮血的原始人没有什么区别。不过话说回来，吃什么样的牛排只不过是一种口味上的选择，而不是展现了什么绝对的价值观，至少我是这么认为的。"

"不管怎样，如果是我烹调的食物，格里都会认为很差劲，如果是你烹调的东西，格里就会认为很美味。既然如此，我又何必自寻烦恼。"

"我觉得你是个非常优秀的厨师，菲丽丝。"爱丝特撒谎道。

"否则的话我们就不会来了。"艾伦附和道。

"从我的角度来说，比起吃她做的饭，还不如每天喝酒呢。"格里说道。

"我希望你不要再用这种糟糕的态度对待你的妻子了，格里。"爱丝特说道，她终于站在了菲丽丝的一边，"你这样做会惹她不高兴，也让我们每个人反胃。为什么你就不能**夸夸她呢**？"

---

① 威廉姆·莫里斯：十九世纪英国设计师。他设计、监制或亲手制造的家具、纺织品、花窗玻璃、壁纸以及其他各类装饰品引发了工艺美术运动。

② 卢臣泰：由菲利普·卢臣泰于1879年在德国巴伐利亚创建的陶瓷品牌，将创新与传统完美结合，是世界餐桌艺术、室内装潢和礼品领域的佼佼者。

"她说得没错,"艾伦说道,"女人会根据丈夫的想法,变成丈夫所期待的那种人。你越夸奖她们,她们就越能成熟起来。"

"哪怕是用说谎的方式来夸奖吗?"格里问道。

"如果有必要这样做的话,是的。"

爱丝特心烦意乱。"你们真是太可恶了,"她说道,"就不能专心吃饭吗?"

菲丽丝把蛋黄酱递给每个人,里面埋着洋蓟菜心、鱼片、橄榄和鸡蛋。蛋黄酱调得可能太稀了,味道也弄得太咸了。他们随意享用着餐桌上的食物,表面上营造出了一派热情洋溢的景象。

"今天真是累人的一天。"格里感慨道。

"但是收获也不少,对吧?"

"如果幸运的话,有一幢新的办公大楼会要我来设计。又一个新的世界等着我去征服。"

"还有新的秘书要征服,"菲丽丝说道,"一个性感的女孩子,至少得有十八岁吧,五年前就已经风姿绰约了,身材凹凸有致,充满了成熟果实的诱惑,让人禁不住想要咬上一口。"

"艾伦也有一个新的女秘书,"爱丝特说道,"我不知道她长什么样子。艾伦,她长什么样子呢?她每天都坐在你的身旁,已经成为了你生活的一部分,但我却对此一无所知。"她的声音里充满了渴望。

"她瘦得就像一棵柳树,不过身材却富有曲线。"艾伦的言语中充满了赞美之词,但这并非爱丝特想要听到的答案。

"哦,亲爱的,那我真是胖死了。亲爱的菲丽丝,不要再给我加菜了,谢谢。"

"我喜欢你胖的样子,我也接受你胖的事实,而且你也确实很胖。"

"没有胖得要死吗?"

"呃,也许有一点吧,"艾伦说道,"有一点点胖过头了。"

"喔。"爱丝特呻吟道,她显然有些吃惊。

"现在又怎么了?"

"你以前从来没有对我说过那样的话。"

"你以前还从来没像现在这么胖过。"

"我觉得我太瘦了,"出于礼貌,菲丽丝赶紧抱怨道,"我就是怎么都胖不起来。你们想来点蒜蓉面包尝尝吗?"

"好极了。"

"至少你不能糟蹋美食。"格里说道。

"再多来点儿吗,艾伦?"

"谢谢。"

"你觉得你有资格说我胖吗?"爱丝特责问道,"每次我帮你缝上衣扣子的时候,我都要使用更结实的线才行。"

"你说得对,我也很胖。咱俩体重加在一起太可怕了。"

"暴食、暴饮、通奸,"格里用低沉有力的声音说道,"这个世界上要节制的东西太多了。"他的妻子则一脸歉意地望向他们的客人。

"如果你肥过头的话,你就会死得早。"艾伦说道。

"谁在乎?"他的妻子问道,不过没有人回应她,于是她继续说道,"跟我说说你的秘书吧,艾伦。除了身材苗条、富有曲线以外,她长什么样子?或许你还幻想过她要是我就好了,是不是?"

"你到底是哪根神经不对劲?"

"是我们不好,"菲丽丝有些郁闷地说道,"让大家都不满意了。"

"我没有不满意。我只是希望艾伦没有不满意。我有什么资格和一个刚从魅力学校毕业的新人秘书做比较呢?她的眼中蕴含着希望之光,她的蜂腰里寄宿着未来的新生活。"

"注意一下言辞,爱丝特,"格里说道,"那些话是菲丽才会说的,这种像怨妇一样的牢骚话绝对会逼着男人直接投入他们情妇的怀抱。"

"我倒是想知道是哪一个先出现的,"爱丝特说道,"是先有的情妇,还是先有的怨妇。我觉得这会是一个很有意义的研究课题。"

艾伦决意让餐桌上的秩序回到正轨。

"你无须担心任何事,爱丝特。实话和你说吧,我甚至都不记得她叫什么名字。她的名字让人一听就忘。我想她可能是叫苏珊。她打字的水平简直糟糕透顶。她的确很瘦。她仅仅是一个临时工罢了。她可能觉得自己生来就应该从事一些更加神秘、更加重要的行业,而不是仅仅当个打字员。但这不过是一个临时聘用人员身上经常会出现的自我认知错觉而已。我猜她应该是二十岁出头吧。我喜欢吃纯巧克力饼干,不喜欢吃牛奶巧克力饼干,就这么一点小事她从来都没记住过。但爱丝特你就从来不会犯这种错误。你清楚地知道生活里最重要的事情是什么——是金钱,是舒适,是食物,是秩序,还有稳定。"

"你对我的评价让我听上去像我母亲一样,你真是这样想我的吗?"

"不,我只是想在公开场合明确我对你的信任,对我们之间婚姻的信任,对已建立起来的秩序的信任,并告诉人们我很满意自己所拥有的这一切。我是个已婚男人,我自愿与我的爱人结合。我也是个城里人,我选择生活在这座城市。我还是个企业员工,我甘心在这家公司工作。因此当我发现自己已经人到中年,已经成家立业,已经彻底成为了一个城里人,身上的肌肉已经没有了什么力量,脑子里也没有了什么想法的时候,我丝毫不感到惊讶。我在这座含硫量超标的雾都里生活,在这里死去,我尽可能地让自己的周围充满宁静和舒适。工作、家庭、妻子、孩子就是我生活的全部,我丝毫没有觉得他们给我带来了什么烦恼,是我选择了这样的生活。我知道我的归宿在哪。我敢说我死的时候,一定会像大多数人一样,感到既幸福又满足。"

"这些话在我听来真吓人,"爱丝特说道,"不过我不会把它当真,因为你才把你的那本鸿篇巨著寄给出版商不久,我知道你现在相当确信自己的晚年会生活在各种各样的光环之下,你会被人尊敬,会受人敬仰,会被称为富有创造力的作家。而且我还相信你的内心深处渴望过上一种多姿多彩的奇幻生活,在你的幻想世界里,你会到异国他乡旅行流浪,你会征服一座座崇山峻岭,你会留下一系列崇高的事迹和英雄的传说,你会单枪匹马解救整支军队,你会让世界上最美丽的女子服侍左右。也许你的幻想还充满着更加龌龊和病态的内容,不过在此我就不做深入讨论了。还有你,格里,实话告诉我,你有没有想要去做一些极端可怕事情的冲动?你的男子气概难道只表现在对异性的淫荡想法之中吗?难道你就没有想过要去杀人放火?要去严刑拷打折磨别人?要把眼前的一切破坏殆尽?也许像艾伦一样,你也做不到这样的事情,但你至少可以把家里所有的上等玻璃制品通通摔碎,可以在尿尿的时候故意尿在马桶外面,可以用烟头烫床单,可以把你的臭袜子丢在地上让你的妻子去捡起来——难道你丝毫没有想要去做这种事情的冲动吗?"

"女人也有她们报复男人的方式,"艾伦说道,"她们会把用过的卫生巾丢得到处都是。"

他们之间的交谈戛然而止。艾伦狼吞虎咽般地把蒜蓉面包塞到嘴里。吃着吃着,他咬到了一个蒜瓣上,不得不把它吐了出来,其他人就这样在一旁注视着他。

"我们说的话都有点多了,"晚些时候,爱丝特在厨房里对菲丽丝说道,"人们应该要谨言慎行才对。言辞把可能变为现实,用

'下定义'所产生的绝对力量将'倾向性'变为'习惯性'。从现在开始,我们的家就要开始乱套了。"

当她们拿着第二道菜回到厨房时,正在小声说话的男士们立刻停止了交谈。

"你刚才和艾伦说了什么?"菲丽丝向她的丈夫问道,"说什么让他跟秘书私奔?还说什么这是为了他的红血球好?"

格里没有回答,菲丽丝所言正是他们谈话的中心内容。

"爱丝特,"艾伦说道,"咱们要开始节食减肥,你和我都要。咱们必须做些什么来对抗中年发福,让咱们手牵着手,咬紧牙关,勒紧裤腰带,一起打倒共同的敌人。"

"什么时候开始?"爱丝特惊慌失措地问道,她盯着桌子上堆积如山的食物——在热陶瓷碟子里发出噼里啪啦声音的各类蔬菜,在碗中盛放的各种酱汁,静静躺在椭圆形大个儿浅盘上带着血丝的牛排。"不是现在吧?"

"当然不是现在,"艾伦说道,"从明天开始。"

"新生活总是从明天开始,"菲丽丝说道,"从来不会从现在开始。这话说得简直太对了,对不对,格里?还有,你能帮忙切下肉吗?"

格里将刀磨锋利,在众人眼皮子底下走上几个来回,将肉切好。

"我们一定会做到的,爱丝特,"艾伦一边看着堆积到爱丝特盘子上的食物,一边说道,"最后再看一眼你盘子里的美食吧。咱们都要减掉一英石①的肥肉。"

"亲爱的,如果你打算这么做的话,"爱丝特说道,"那我一切都听你的。"

"啊哈,她真是个可爱的女人。"格里说道。

"你们肯定坚持不下来,"菲丽丝有些嫉妒地说道,"你们永远都做不到。"

"我们当然能做到,"爱丝特说道,"只要我们想做到,我们就能做到。而这一次,我们想要节食减肥。"

"这个世界上最难的就是去做自己不愿做的事情了,"菲丽丝说道,"难道不是吗,格里?"

"顺便说一句,"四个星期之后,在爱丝特居住的地下室里,她对菲丽丝说道,"那天晚上蛋黄酱和肉汁里的盐放得太多了,导致我们不得不喝了很多酒。第二天艾伦和我都宿醉了,在还没有施行禁欲制度之前,我们两个人的脾气就变得很暴躁,整个人都感觉很糟糕。"

"那时候你可没有说盐放多了。"

"没有人会那么说话的,否则就不会有人再邀请别人到家中赴宴了。中产阶级之间的社交活动也会陷入停滞。说实话那天的晚餐还不错,如果只吃一次的话。不过这也可能是因为那是我

---

① 英石:英制质量单位,约合6.35公斤。

们吃过的最后一顿饱餐了。"

"那天你们走了以后,"菲丽丝说道,"我在沙发上睡的觉。格里每周六都会去找他的前妻,我很不安,也很生气,而且我觉得他那天晚上的表现很不礼貌。但是半夜里他突然把我拽到了床上——你知道他的力气比我大得多——我们在床上度过了一段欢愉的时光,直到周六再次到来。或者说至少格里是挺高兴的。我不是很擅长床上那点事儿,我觉得我可能更喜欢做爱时的各种体位和姿势,而不是享受做爱本身。"

"那天艾伦和我回家后喝了点可可,吃了点饼干就睡了。我们很疲惫,什么都没干,毕竟我们结婚已经快二十年了。"

"但是你和艾伦总是在相互爱抚对方,"菲丽丝说道,"就像是年轻的情侣一样。即使过了那么多年,你们还是会紧紧牵着对方的手不放开。"

"我们是故意做给别人看的,"爱丝特有些生气地说道,"尤其是在公共场合。只有回家后我们才意识到两个人都已经筋疲力尽了。当你们到了一定的岁数之后,性爱就不再是你们的本能需求了——它只不过是一种社交惯例。"

"随你怎么说。"

"抱歉啦,不过还是要说一句,你觉得自己很性感,不过是因为你知道那种感觉很美妙,并不是因为你真的很性感。你确定不喝点咖啡吗?"

"不喝。"菲丽丝回答道。接着她又急切地追问道:"爱丝特!

你说你一个人住在这里,没有丈夫的陪伴,没有男朋友的呵护,你在晚上就不觉得寂寞难耐吗?"

"不觉得。我现在一个人独自生活,虽孑然一身,却倍感充实,我不需要任何人的陪伴,无论是精神上,还是肉体上。我和真理同在,我不需要任何保护。"

"那我真是太不幸了,"菲丽丝说道,"格里和我的关系只是靠性爱维系的。"

"那的确是你的不幸,"爱丝特说道,"同时也是导致你如此不开心的原因。性爱是很难改变的习惯。现在让我们继续说我的故事吧,因为你的故事实在是太平凡了,我对此也毫不关心。转天早上,在艾伦去公司上班以前,他和我在门口吻别,这样做是为了让我们的邻居能够欣赏到这一幕。他没有吃早餐,绝望感和宿醉感折磨着他的神经,但是节食减肥似乎对他来说是一件既充满意义又积极向上的差事。也许这就是为什么,在那个特别的早上,艾伦,还有他那个秘书,都给彼此留下了那么深刻的印象。"

苏珊和布兰达坐在酒吧里,两人如灯塔一般照亮了这个醉生梦死的世界,她们也深知自己的年轻与貌美。苏珊向布兰达讲述了那天早上发生的更多细节,这些事情恐怕是爱丝特怎么也猜不到的。

"那家打字员中介机构经常把我派遣到位于诺曼区的佐海利公司,"苏珊说道,佐海利是伦敦的一家大型广告公司,"他们总是需要雇用临时工。女孩子在那里都待不长——她们一开始都认为自己的工作会很有趣,但结果却发现公司里只有一群无趣的研究人员,这些人都上了年纪,每天的工作就是单调乏味地整理着统计数字,而且这些老男人都结了婚。除此之外,那里给的报酬也很少,所以她们最后都会提交辞职申请,接着又会有新的一批女孩子来到公司,这样周而复始。如果她们有机会被派遣到更加充满活力的部门工作,她们就会发现在广告公司上班的男人根本就不能算作男人。一个男人把一生的时间都浪费在办公室里,做着代理商,卖着别人生产的商品,这样的人配称为男人吗?"

"但听你的描述,艾伦似乎表现得很男人。"

"艾伦是与众不同的。他是一个富有创造力的人。不过话说回来,他们都很善于把自己伪装成充满男子气概的样子。他们熟知这个社会的规则。甚至他们的身体也可以像男人一样运作,但归根结底,他们也只是在自欺欺人罢了。"

"也许你跟我也只是把自己伪装成女人的样子,我们也说不清楚,不是吗?"

"咱们的胸部都不够丰满,这倒是真的。"苏珊说道,"而且我一想到自己的胸部,就会联想起艾伦那对突出的乳头,在我们交往的那两周里,我一开始就被艾伦那类似乳房的胸部深深地吸引住了。我以前从来没有见过像那样的东西。我甚至开始怀疑自己可能有同性恋的倾向了。"

"听上去真恶心。"

"一点也不恶心。艾伦的脸很瘦,和他的身材形成鲜明对比。他是佐海利公司的重要一员。能够为他工作,所有人都认为我会很开心,但和平常相比,我却总是会犯上更多的错误。他从不为此恼火,只会轻声叹气,皱起眉头,用一种见到淘气女孩的眼神看着我,他总是会原谅我的过失,这让我到后来开始觉得自己像是他的女儿一样。当父亲向女儿投来充满情欲的目光时,我就这样沦陷了。你身上的激情会被唤醒,你开始想要引起他的注意,你发现自己会在上班前精心打扮一番。艾伦写了一部小说,他的版权代理会给他打来电话,称赞他的作品,这时在外屋准备咖啡的我便拿起分机偷听他们的谈话内容。我发现那些充满文艺气息的男人很能让人蠢蠢欲动,你不这么认为吗?"

"我不是很清楚,我在伦敦待的时间也不长。不过话说回来,我还以为你正和威廉·麦克莱斯菲尔德打得火热呢。"威廉·麦克莱斯菲尔德是一位诗人,人到中年的他偶尔还能出现在电视荧幕上,苏珊已经和他分分合合地交往了好多年。

"威廉和我很亲密,我们是最好的朋友。我们有过一段美妙的柏拉图式关系,我们之间有性的存在,但并没有爱情。至少不是那种让人怦然心动的爱情,那种爱情就像晴空中突然划过一道闪电,让你摔得四脚朝天。"

"天啊!"布兰达说道,"我还从未体验过那样的爱情!"

"那就要怪你的大象腿了,"苏珊说道,"还要怪命运让你生在了母系氏族家庭。你的春天会在你六十岁时降临,那时的你儿女成群,子孙满堂。而我则会沦为一个整天借酒消愁的酒鬼,只能在所谓的精神世界里寻找自己的家园。到那时我猜你就会庆幸你还是你,而我仍然是我。不过即使到了那种时候,我依然会认为和你比起来,我活得更精彩。"

"那还真是谢谢你的预测,我敢肯定未来会变成如你所说的那样。"

"当然,也不排除我向结婚妥协的可能性。我可能会嫁给一个诗人。但我发现诗人通常都很无趣。他们习惯于通过文字而不是身体来表达自己。威廉在床上的表现简直糟糕得不行。"

"你说的糟糕指的是什么?"布兰达问道,"我觉得这种事应该是看女孩怎么配合,而不是看男人怎么做。我就从来不会有什么烦恼。我一向都认为女人说男人床上表现不行只会让男人更紧张。"

"你呀,"苏珊说道,"真应该给女性杂志投个稿,开个话题专栏。我已经预见到这一点了。"

"可是,"布兰达有些不知所措地说道,"你刚刚一直在说被闪电击中的事情,你被雷电的力量击倒在床上,双腿被分开。"

"我可没说我双腿被分开,而且我压根儿就没有说过'床'这个词儿。"

"我以为你说的就是这个意思呢。"

"你真是一个不会为**外力**所动的人,对吧?"苏珊说道,"你就好似一件人造物品,不像我一样容易受情绪影响。总而言之,在这家令人激动的大公司里工作,我开始对自己的老板产生幻想,而他的妻子每天都会打电话给他,询问他晚餐想吃什么。艾伦很重视他的妻子,这让我非常不能理解。他会认真思考、反复权衡,有几次他还会打电话给她,就为了回复一个考虑周全的答案。这些事情显示出了他们之间亲密无间的关系。这让我抓狂。她的声音听上去是那么温柔,话语中彰显出了一种强烈的占有欲。我想知道艾伦为何会如此漠视我的存在,为什么我没有一个可以打电话给他的人?一个女人知道有人肯定会回家吃她亲手做的晚餐——为什么我不能体会那种完美的安全感?威廉总是会回到他妻子那里吃晚餐,为此我总是很恼火。为什么艾伦的妻子不打电话问他今天晚上想在床上干点什么?为什么她不问艾伦其他的事情?为什么总是不停地问晚餐想吃什么?真是个可怜的男人,我觉得艾伦是一个既可怜又盲目的人。因为像我这样的女孩就待在他眼前,而他采取的全部行动竟然只是偷瞄我的双腿接着再把眼神错开而已。我这么年轻,这么聪敏,这么富有创造力,我全身上下都值得他进行深度挖掘,我可以分享他的兴趣并对此提出建设性的意见,我听话地坐在他的面前,等待着他给我下达工作指令,然后按照他的要求打着字。可他却从来注意不到我,他太忙了,他正忙着向他的妻子汇报今天晚餐想吃什么。这对我来说简直是莫大的羞辱。我想跟他聊聊他的那本小说,但是他似乎想要对此保密。他真的非常有智慧,不仅体现在文学上,他还热爱绘画艺术。他曾是一个画家,但后来却被他的妻子用枯燥乏味的生活和所谓的责任感毁掉了梦想。家庭生活的琐事将他层层困住。你简直无法想象,他竟然把家庭照片放在自己的办公桌上!"

"你的意思是说艾伦是一个商业广告界的艺术家?"

"不,我不是这个意思。艾伦上的是艺术学校,在非常年轻的时候就结了婚,当时的决定很冲动,他不得不放弃成为职业画家的所有想法。他的妻子引导他从事了广告行业,最后他成为了统筹协调文字和图片的广告人。他现在拥有很大的权力,但他管理的都是些无足轻重的家伙,他现在的办公室门上贴着长长的头衔,但这一切看上去又是那么悲哀。他当初就应该阻止他的妻子,永远不要让她对自己做那样的事情。布兰达,你能不能别再跟那个暹罗来的男人眉来眼去了。"

"他不是暹罗人,至少我不是这么认为的。你不觉得他很帅么?"

"我只是好奇为何他会对你更感兴趣,而不是对我。也许跟他的国籍有关。你还想不想让我继续说我的故事?"

"想啊。"

"那就试着把注意力集中在我这儿。艾伦开始节食减肥的第一天,第一次把手放到了我的身上,也恰好在同一天,他从版权代理那里听到了一些消息。"

节食减肥的第一个早晨,一群鸽子在艾伦办公室的窗台上大摇大摆地踱来踱去,它们之间相互亲昵的样子让他烦心不已。办公室的地板上铺着红色的地毯,窗户旁挂着红色的窗帘,地上摆放着灰色的落地灯,扶手椅上放着灰色的坐垫。艾伦的办公桌很大,很整洁,和新的一样,桌子上除了摆放着当天的行程表之外,别无他物。艾伦的年薪是6000英镑,但他并非董事会的成员。而且现在看来他很可能这辈子也进不了董事会了。另一位比他更年轻、更有活力的男人将他当作了通往董事会的垫脚石。而在公司里,一朝成为垫脚石,就意味着你将终身被人踩着走。话说回来,那群鸽子还真是怎么赶也赶不走。

苏珊端着有咖啡和饼干的托盘走了进来。她下身穿着一件非常短的白色裙子,上身套着一件紧身的短款灰色毛线衫。

"萨斯曼先生——"苏珊略带歉意地开口道。她戴了一副很大的眼镜。她并不近视,但是眼镜很好地将身体上的柔弱性和精神上的进攻性结合了起来,苏珊很享受佩戴眼镜的感觉。艾伦想要透过那副眼镜看到苏珊身上的特质。他刚刚结束了与版权代理之间的电话交流,情绪显得有些激动。

"真的非常抱歉——"

"我的天啊,这次你又搞砸了什么?"艾伦的语气很和蔼,他现在的状态就好像是刚刚实现了人生的终极目标。

"我又把饼干拿错了。我拿的是牛奶巧克力味儿的,而不是纯巧克力味儿的。我的绅士朋友更喜欢牛奶味儿的,所以我总是会搞混。"

"你的绅士朋友?"

"您希望我怎么称呼他呢?准丈夫?情夫?爱人?未婚夫?随便您挑。他是个诗人。"

"你说的那种关系太不稳定了,"艾伦说道,"为了保持我内心的宁静,让自己不胡思乱想,我脑海里秘书的样子只有两种:她要么是个处女,要么就已经嫁为人妻,而且不管是不是临时聘用的秘书,她们都应该是这样,不然的话我就会想入非非。女孩儿的身上总是呈现出一种情欲感。你真是个不称职的秘书。"

"饼干的事儿我很抱歉。"

"我没有在说饼干的事情,而且你也不要揣着明白装糊涂。我说的事情跟饼干没有关系,况且我也不吃饼干了。"

"您不吃饼干了?"

"不吃了,而且咖啡里不要放糖。"

"咖啡里不放糖?"

"别装得像个小女孩似的,你已经是个成人了。我正在节食减肥。"

"天啊,不是吧!"

"有什么是不是的?!我太胖了。"

"节食减肥的人会变得烦躁易怒,也很容易以失败告终。您并不胖,为什么想要减肥呢?"

"我想恢复我的青春活力。"

"为什么?"

"因为在我年轻的时候,我充满了期待和抱负,我喜欢那种感觉。"

"我觉得您有点犯糊涂了,想要找回这些感觉,您并不需要恢复青春活力。而且我个人更喜欢成熟的男人。"

"真的吗?"

"是的。"

"那也没什么差别。把这些饼干拿走吧。"

"我会留给威廉吃。"

"那个诗人?我建议你还是不要这么做的好。"

"为什么?"苏珊摘掉了眼镜,这样她能更清楚地看到艾伦。

"因为你的这个想法让我感到很困惑。不过话说回来你能把眼镜摘了真是让我松了一口气,这样我就能看见你的脸了。"

"这张脸和其他人没什么区别。"

"当然不一样,这是一张令人印象深刻的脸,我想要把它画下来。"

"有时候我会给自己画像。"

"你会画画吗?"

"会呀。"

"你并不是真心想当个秘书,是不是?"

"是的。"

"其他人也都是这样,"艾伦说道,"都是这样。每年夏天,到了招聘临时员工的时候,就会有一大堆不想当秘书的人前来应聘。这也就说明了为什么你打字的技术这么差,去做你的工作吧。"

和往常一样,苏珊坐到了自己的位子上开始打字。而艾伦则坐在他的位子上看起了市场报告,他在想着要不要给爱丝特打个电话——告诉她他的版代喜欢那本小说。但最终他还是决定不打了,他担心爱丝特会瞬间戳破他内心那些狂妄自大的泡沫,让他的自尊心受到伤害。

"我不是个笨女孩儿,"过了一会儿,他的秘书开口说道,"您一直在诱导我,让我在别人眼里看起来像个傻瓜,做这种事对您来说简直易如反掌,您还真是够卑鄙的。"

"天啊,"艾伦说道,"这里是办公室,不是——"

"不是什么?"

"别太过分了。你现在说话的方式跟个妻子一样,言语里全是责备。我警告你,你的确是个迷人的女人,但你有些得寸进尺了。"

"迷人?"苏珊的眼里闪烁着光芒。

"你很漂亮,至少今天早上你在我眼里是这样。"艾伦的视线越过了苏珊的肩膀,好像要去看苏珊打了什么字,"你今天喷的什么香水?"

"罗莎夫人。没有喷太多吧。"

"没有。闻起来很滋润的样子。你知道我今天早餐吃的什么吗?两个煮鸡蛋和一点黑咖啡。你知道我今天午餐要吃什么吗?两个煮鸡蛋和一个葡萄柚,而晚餐则是一个煎蛋卷,再配上黑咖啡,你猜还有什么?还有一个西红柿。"

"啊哈,真是了不起!"苏珊说道,"您是希望我能为您感到难过么?"

"不用。"艾伦的双手,颤抖着,滑向了苏珊的乳房,"我只是想说,现在的我,头有一点晕,所以,我无法控制自己的行为。"

这时,电话突然响了起来——是爱丝特打来的,她问艾伦是想把晚餐里的番茄和香草煎蛋分开食用,还是想把番茄加到煎蛋里。艾伦想了想,觉得还是分开食用比较好。

"她的声音真好听。"苏珊说道,"她漂亮吗?"

但艾伦并没有回答苏珊,而是回到了自己的座位上。他看上去似乎已经把几分钟前发生的事情忘得一干二净。他现在又恢复了往日的严肃,语气尖刻、冷酷。

"叫安德鲁过来见我,"艾伦说道,他正翻阅着一沓关于更改去屑洗发水配方的企划,"我不明白安德鲁的判断力究竟出了什么问题。"苏珊按照指示拨打了电话,过了一会儿,安德鲁走了进来,他是一个身材瘦削、出身名门的年轻人,在校期间曾有两门成绩名列前茅,安德鲁一进门就被艾伦骂了一通。安德鲁让艾伦回想起了他年轻时的样子。在一旁的苏珊则自顾自地生着闷气,寻思着下一步应该怎么做。

"他说得没错,"在酒吧里,苏珊对布兰达说道,"他当时的确是头脑发晕,否则我永远不可能让他碰我一下的,有太多的事情会成为阻力。每天早上,艾伦已经习惯了肚子里塞满麦片、鸡蛋、培根、吐司、橘子酱、茶水、咖啡和饼干的感觉了,但是突然间他的胃里什么都没有了——他的视线里只剩下了我,他的耳边只萦绕着我的声音。如果我言语略显直白,那也是他自找的。他从来不会主动去诱惑谁,他需要被引诱。而我的内心其实是很害怕的,我需要鼓足勇气才能用那种语气和他说话。而且,当他碰到我的一刹那——"

"你的感觉就像是被闪电击中了一样,对不对?他一下子把你按倒在床上了?"

"我可是在办公室里,白痴。不过如果那里有张床的话,我也许会有那种感觉也说不定。当然,他应该也没有做好趴到我身上的准备。我还有其他工作要做。"

"我觉得你是在编故事,照你所说,你都是带着目的性去做这些事的。可是男人才不会像那样被操纵。他们要么对你有感觉,要么就没有。占据主动权的总是男人。你一直在用男人谈论女人的方式谈论着男人,真让人恶心。"

"你需要把思想灌输到他们的脑子里,"苏珊强调道,"你要把做爱的场景摆到他们的眼前。"

"我觉得你的想法太过时了,"布兰达说道,"尤其是这些所谓的诱惑与被诱惑的理论。事实根本不是你说的那样。在今天这个社会,每个人都很清楚自己在做什么。"

"好吧,但艾伦可不是这样,真的。当时的他太饿了,根本就不具备思考能力。"

"你年纪比我要大,咱们之间几乎隔了一代人,我觉得这就是你会有这些过时想法的原因。"

"你喝醉了,而且尔是在嫉妒我,"苏珊纠正了她,"咱们回家吧。"

她们起身准备离开,那个来自东方的男人也站起身来,跟着她们的脚步一起离开酒吧,来到大街上。他尾随的对象不是苏珊,而是布兰达。

*　　*　　*

"那天早晨我给艾伦打电话,问他晚餐想吃什么样的煎蛋卷,"在地下室里,爱丝特对菲丽丝说道,"他的声音听上去有些奇怪,我的脑海里突然浮现出那位临时秘书的身影,此时的她正坐在办公室里,在办公桌下向艾伦卖弄着自己的双腿。前一天在你们家做客的时候,艾伦过于详细地介绍了那位秘书的各种细节,这让我的心情很难平复下来。头天晚上的宿醉,早晨摄取的几夸脱黑咖啡,一根接一根的香烟——我把自己搞得饥肠辘辘,面色苍白。当时的我正站在窗边,望着外面的景色,我的家政工茱丽叶正在擦着地板,我知道自己的样子看上去很傻,因为当其他人在辛勤劳动的时候,一个人是不应该待在旁边无所事事的。尤其是当这个'其他人'是茱丽叶的时候。节食减肥的第一天对我来说简直就是噩梦一般,但毫无疑问,对我的丈夫来说,就像是做了一场美梦。"

爱丝特的客厅里充斥着维多利亚风格的装饰品,近乎到了一种疯狂的程度。沙发和椅子都有纽扣装饰,整体显得非常饱满;墙壁上张贴着各种各样的绘画作品,从天花板一直铺到地板上;宴会桌几乎被摆满的灯饰、钟表、各种雕像还有花瓶淹没。客厅里还放着一个绣架——每天傍晚,爱丝特都会坐在上面,用她胖胖的双手绣上一会儿。房间里所有的东西都被擦得干干净净,还做了抛光处理,整体显得十分整洁,但这一切成果都和茱丽叶没有任何关系——这个早上的茱丽叶正像疯子一样擦拭着地板——疯狂,但却效率低下。爱丝特离开了窗边,她在走每一步时都要小心谨慎地避开那些易碎的装饰品。

"茱丽叶,"爱丝特说道,"如果你不先把地面打扫干净的话,你再怎么使劲地擦地板,地板也不会显得光亮。你现在做的事情就是把污垢擦进了地板里,地板的表面都被你磨坏了。"

茱丽叶放下了手中的抹布,站起身来。她今年三十岁,个子很矮,有着沙漏一般的体形。她总是拿后背疼的老毛病作为自己坏脾气的借口。

"为什么您不在厨房里待着呢?"茱丽叶的声音带着些许责备,"往常在我擦地板时,您总是在厨房里做饭的。"

"我们正在节食减肥,没有什么饭让我做。"

"是么,那也别把气撒在我身上。"说罢,茱丽叶又趴到地板上——她恢复了刚才的姿势,胳膊在不停地挥动着。

"我没有拿任何人撒气。我只是在说我看到的事实,如果你在擦拭拼花地板的时候混入了一些玻璃碴,那么地板的表面就会被划坏。"

"吸尘器坏了,需要修理,"茱丽叶说道,"它已经无法吸起任何东西了。几周前我就跟您说过这件事儿了。"

"是吗,但你可以用扫帚啊,不是么?扫帚发明的时间可比吸尘器要早。"

茱丽叶放下了手中的抹布。"您早餐吃的是什么?您究竟有没有吃东西呢?"

"我享用了一顿美好的早餐,谢谢你的关心。我早餐吃了鸡蛋,午餐也会吃鸡蛋,晚餐还要吃鸡蛋,两周以后我就会减掉一点五英石。"

"那您可得小心点,不要做过头了。我有一个朋友也是通过节食来减肥,但最后她却失去了对所有食物的胃口。她被人们送到医院,但一切都太迟了,她死了。她的胃部已经严重萎缩到一粒干瘪的豌豆那么大——等等,好像是萎缩到一个核桃那么大,反正不是豌豆就是核桃啦,这事儿我记得很清楚。"

"我们采用的减肥食谱已有多人尝试,非常科学合理。一个人如果想要掌控他的人生,那么他就要先有能力掌控他的体重。"

"您减肥的目的是什么?您现在这样已经很好了。您有丈夫,有儿子,还有一间大房子——虽然房子里到处都是垃圾吧,您还有专人帮您做这些脏活累活,您还想要什么呢?"

"瘦下来更健康。"

"节食减肥可是有害健康的。男人喜欢善良温暖的女人,至少他们的妻子必须是这样。"

"实话和你说吧,我节食减肥完全是为了萨斯曼先生。我个人从不担心自己的体重问题。但如果我也能节食减肥的话,他就会更容易坚持下去。你知道男人的德行,他们没有什么常性。"

"您需要的是身体上的锻炼。比起悠闲地站在那里,您应该经常趴下身子或者跪下来做做运动。"

"每次你收工回家之后,茱丽叶,"爱丝特一字一顿地说道,"我发现自己经常需要这样做。"

爱丝特最终还是决定走进厨房,仿佛那里有可以让她忙碌的事情。茱丽叶在身后恶狠狠地盯着她,脸上的表情十分恶毒。

"你会走火入魔的,"朱丽叶说道,"早晚有一天你会倒霉的。"

说完之后,她继续狂躁地做着擦拭地板的无用功。

萨斯曼家的厨房里摆满了香草和调料,放置着各种型号的杵和研钵,墙上挂着一串串洋葱和大蒜,还有瓶装的橄榄油以及从《比顿夫人的居家指南》早期的一些版本中剪下来的图案。如此拥挤的厨房似乎没有给人留下驻足的空间,但那天晚上,艾伦和爱丝特两个人就挤在厨房里学习着他们的减肥食谱,两人身上的肥肉被桌子和碗柜挤成一团,他们的脾气都显得非常暴躁。

"至少我们能在煎蛋卷上加点香草,"艾伦说道,"一份辅以上等香草的煎蛋卷,嗯,绝对是美味。"

爱丝特伸手拿了几个鸡蛋,将它们打到碗里。"啊哈,真是了不起。"她说道。

"今天也有人跟我说了同样的话。我就是想不起来是谁了。"

"肯定是你的秘书啦,她成天跟你黏在一起。"

"我想可能是吧,你看,现在你又提起这事儿了。"

爱丝特变得多疑起来,这并不是她的性格。她的眼睛通常都散发着明亮的光芒,但现在她眯起了眼睛,目光也变得不太友好,她问道:"你们当时在讨论什么话题?"

"应该是在说节食减肥的事儿吧,"艾伦答道,他对爱丝特表现出来的糟糕行为感到厌烦,他故意让自己的语气透露出这种感觉,"我也记不清了。我总得跟谁聊聊天,对吧?"

"这位苏珊小姐还真是你的红颜知己呀。你是不是把所有的私生活都和她说了?"

"并没有。"

"你们聊没聊人家呀?"爱丝特用小女生的声音问道。

而艾伦则是生气地答道:"聊了很多,就像你和你的那位擦窗户的清洁工聊我一样多。"

"既然你提到了,那我就跟你说一下,我的那位擦窗户的清洁工可是个色鬼哟。"

"是么,那我也提醒你一句,我的秘书也一样。"

"什么意思?她也是个色鬼?"

"不,她是一个好色的女孩,现在你知道咯。"

爱丝特没有相信他的鬼话。她觉得自己似乎把艾伦惹毛了,她本来只是想稍微气气他。

"对不起,"她说道,"我不该说这些傻话。可能是因为我太饿了吧。"

"说得没错,你就是在犯傻。话说回来,你为什么要把蛋清和蛋黄分开?!"

"我想把煎蛋卷弄得松软一些,吃完了能让咱们坚持得久一点。"

突然之间,一股不快的感觉涌上爱丝特的心头,"我感觉很不舒服。"

"我觉得还好,"艾伦说道,他还沉浸在对苏珊孟浪之举的回忆中不能自拔,他还在为自己的小说被版代欣赏而沾沾自喜,他觉得爱丝特不配和他分享这一切。"我觉得自己变轻了,我的身子变空了,我想我找回了自己十年前的感觉。"他低头看了眼自己的腹部,觉得自己的大肚腩似乎变小了点儿。

"我头有点痛,我不认为自己还能继续做煎蛋卷了。"爱丝特把手放在了她的胃部。肚子周围的肉鼓鼓囊囊的,十分松弛。她感到很沮丧。

"这本书上说:在任何情况下,你都不能完全不摄入食谱上提到的食物。你只需要等到'菠菜日'即可。"艾伦从减肥食谱上引用了这句话,"节食减肥的效果取决于你在节食过程中身体正在经历的化学变化——写这句话的人也许是个不错的医生,但他们绝对是烂透了的作家,亏他们用的还是国王英语。"

"是女王英语。"

"你为什么总是这么迫不及待地想要挑我的毛病?"

"你这样说我,未免太有失公正了。"

"你拿黄油干什么?!"艾伦伸手阻止了爱丝特。两个人看着彼此触碰在一起的身体部位,他们的眼神就如同在盯着什么奇怪的东西。艾伦立刻甩掉了爱丝特的手。

"你做煎蛋卷当然要加黄油了,笨蛋。"

"减肥食谱上可说了不能吃任何奶制品。"

"别傻了,"爱丝特冷笑道,她的上嘴唇很明显地翘起,露出了一排又小又锋利的牙齿,"没有黄油的话你怎么做煎蛋卷?"

"我怎么知道,不过你得想办法!"

"这样的话你自己做吧!"爱丝特朝着艾伦嚷道。厨房里悬挂的玻璃饰物轻轻摇晃,发出的叮叮当当声让爱丝特感觉很丢人,但艾伦却显得很高兴。他夺过半成品煎蛋卷,直接倒在了没有黄油的平底锅上。他拿起木制的勺子,将鸡蛋从锅底刮离。锅里的食物看上去更像是煎蛋而不是煎蛋卷。

"你看,我说什么来着!"爱丝特哭了起来,事实证明她是对的,"你把食物做得一团糟,就像你把其他事情搞得一团糟一样。"

艾伦觉得是时候让一切都回归自己的掌控之下了。"爱丝特,"他说道,"对于节食减肥这件事,咱们要么坚持下去,要么就放弃。我觉得咱们应该坚持下去,这一点很重要。你和我都能从减肥中受益。"

"会从中受益的只有我。在你眼里我不再有魅力。你觉得和我一起出去是件很丢人的事情,因为我长得又胖又吓人,其他人会因为你娶了我这样的妻子而替你难过。"

艾伦的手里仍然端着炒锅。油灯里闪烁的灯光闪烁在他的眼中。有那么一瞬间,艾伦似乎是想把锅里的煎蛋卷全甩到他妻子的脸上,但就在这关键时刻,他的儿子彼得闯进了厨房里,艾伦将煎锅放低,脸上的表情也不再那么狂躁。爱丝特也挺直了腰板,不再畏畏缩缩,她朝彼得摆出了母亲般的微笑。

彼得有六英尺二英寸高,比他的父亲还高六英寸。他有着一张粉嫩的脸,一头金发,体格健美,给人健康向上的第一印象。除此之外,彼得在其他地方跟他的父亲很像。即便身上披着那件学校要求必须穿着的校服,彼得看上去也不像个孩子。

"你们两个人吵架了?"彼得大踏步地走向冰箱,拉开门,打量里面有什么能吃的东西,"我能给自己做点香肠培根,还有炸面包吗?"

"你会变胖的。"他的母亲说道。

"我不会,我可是充满青春活力的。"

"别忘了,你的遗传基因可是会违背你的意愿的。"艾伦说道,他当然是说给爱丝特听的。

"你现在就应该学学怎么控制饮食了,"爱丝特说道,"只有这样你才能在以后的日子里自由地控制你的体重。"

"听听,听听这是谁在讲话——啊,竟然是老妈!"

"我希望我的孩子能够比我更加优秀,这一点我是肯定的。我确实是一个缺乏约束力的人,我的意志力也薄弱,你没有理由要变得跟我一样。一个人的孩子如果不能在各方面都超越他的父辈,那么人类的生殖行为就失去了意义。把面包放回去,炸面包的脂肪含量太高了。"

"你们俩为什么不坐下来吃煎蛋卷呢?吃完之后你们就能感觉好一点儿了。"

艾伦和爱丝特接受了彼得的建议。

"我就想不明白了,"彼得说道,煎培根的味道充满了整个房间,"那些亲手毁了自己乐趣的人为什么就不能消停会儿,为什么还总是热衷于破坏别人的乐趣呢?举个例子,'把面包放回去',啊哈哈。"

"别像你妈妈一样说话,"艾伦说道,他把最后一块鸡蛋从盘子中刮到嘴里,接着又说了一句,"屋子里好像有股怪味。"

"我也闻到了,"爱丝特已经吃完了盘子里的食物,现在的她落寞地坐在那里,刀叉整齐地摆放在刚吃完的空盘子上。她像猎犬一般转动着自己的头,努力地嗅探着。

"那是培根的味道,"彼得答道,"顺便说一句,这培根切片真是够薄的,为什么不能买厚点的?"

"因为薄切片的培根更省钱。这是我的居家经济学之一。不过我可以肯定我闻到的味道并不是培根。"

"啊,对了,"彼得说道,"我忘了说了,这是八角的味道。"

"八角?"

"八角?"

"大概是从圆面包上掉下来的吧,我们把八角放到圆面包里,然后扔给那些巡逻犬,那些狗就会去追那些面包,而不再追逐我们了。"

"巡逻犬?"

"我觉得我可以再吃点香肠。"

"巡逻犬?"艾伦平日里看起来苍白的脸突然转为了粉红色,这使得他与他儿子之间的相似之处变得更加明显。

"在弗兰普顿那里爆发了一场生物战,我们刚才正在进行示威游行。"

"我们?"

"史黛芬妮和我。"

"史黛芬妮?"

"你们认识的。"彼得大口大口地吃着培根,盘子里的培根薄片一点一点地消失,他的父母就这样看着他。

"就是那个留着那样发型的女孩子?"

"那样比较容易打理啊,短头发省事儿。"

"她可以剃掉头发,然后给头皮做个抛光,"爱丝特说道,"之后再把头发封存起来,让它们保持光泽。"

"你这样说话很失礼啊,老妈。"

"对不起,"爱丝特低声下气地说道,"我现在不在状态,一方面是因为我很饿,另一方面是因为你爸爸总是在责备我——"艾伦掏出一支香烟,但没有递给爱丝特一支——"不过据我所知,史黛芬妮是一个好姑娘,她很阳光,很开朗,我很喜欢她,我也能理解为什么她那么受欢迎。"

"没错,"彼得自豪地说道,"有些时候她会被长辈们误认为是个男孩子,不过我们年轻人从来不会认错,这是最重要的一点。要让你们这岁数的人根据现在的价值观来调整思维是很难的,对此我也表示理解,我很感谢你们为此做过的努力,发自内心的,真的。"

"多跟我说说那些巡逻犬的事情吧。"艾伦说道。

"我不喜欢那些打着造福人类的旗号研究疾病的人,你们怎么看?我觉得我最低限度能做到的事情就是表达我的抗议。所以我会和成百上千的人一起静坐,直到外力迫使我们离开。"

"哎,你们还是太年轻了,不过这就是青春哪!"艾伦说道,他并没有特别不高兴,"你们觉得这样做能有什么帮助吗?"

"我不知道,也许情况不会有任何好转,但我压根儿就不关心这些。做这些事情让我感觉棒极了。"彼得起身给自己切了厚厚的一片面包。他先是抹上一层黄油,然后又在上面涂满厚厚的一层甜杏子果酱。"我的意思是,"他继续说道,牙齿里咀嚼着松软的面包切片,"你们两人不也参加过一次游行吗,对吧?是左翼集会对不对?你们和其他人一起挥舞着横幅,你们在帮忙拯救着这个世界。这个世界永远都会保持着它应有的样子,不过试想一下,如果你们放弃拯救这个世界的话,那么你们会变成什么样呢?"

"那些都是很久之前的事情了,"艾伦说道,"感谢上天。"

"我们已经长大了,"爱丝特说道,"我们早已活在现实之中。"

"你变胖了,生活也变得更加舒适惬意,我觉得这才是你想表达的意思,"彼得说道,"你们改变了立场,这才是你们身上发生的变化!"

爱丝特从座位上跳了起来,大声喊道:"我一点也不胖,我过得也并不舒适和惬意,你爸爸也一样!"

"哎呀,老妈老爸!"彼得带着责备的语气说道,他总是站在他自己正值花季的角度来思考问题,"看看你们现在的样子。"

爱丝特重新坐了下去,身上那对重量级的乳房垂在了餐桌上,而在餐桌的下面,艾伦身上膨胀的大肚腩正不断施加着压力。

"很抱歉,刚才做煎蛋卷的时候我不应该放黄油,"少顷,爱丝特开口打破了沉默,"我怎么能干那么傻的事情。"

"事情都过去了,忘了吧,"她的丈夫回应道,然而,他心里却不是这么想的,"来根烟么?"

听着爱丝特滔滔不绝地讲述着节食减肥第一天所发生的故

事,菲丽丝开始觉得有点饿了,她喝了一杯咖啡,拿起一块饼干。"你现在要重新开始节食减肥了。"菲丽丝轻轻地咬了一口饼干。

"减了肥又有什么用?有什么意义?!"一股绝望感占据了爱丝特的食道,她有那么一会儿不再吃东西了,"当今这个时代,人们只崇尚一件事——那就是年轻。年轻犯下的任何错误都会被原谅——哪怕是肥胖,这足以说明问题。我已不再年轻,不会再有人迁就我。我唯一的奢望就是不要被人注意到。"

"你净说这些没用的话,"菲丽丝说道,"你现在只不过是有点抑郁罢了。我认识一些老太太,她们活得既漂亮又优雅,她们是我见过的最有魅力的人。"

"哈、哈、哈,"爱丝特哼道,"但男人会在背后嘲笑她们的衰老,就像男人嘲笑那些没有魅力、脸上长痘、有口臭的女人一样,这些女人无论做什么努力都不会赢得男人的欢心。所以,对于一个既不再年轻也不再漂亮的女人来说,直接放弃显得更有尊严。更何况人到中年的我,终于也可以这么做了。"

"我认为你现在坐着的方式,还有暴饮暴食的样子,是最没有尊严的。我觉得你应该更自信一些,自己对自己的看法才是最重要的,不要让别人的观点左右你。"

"哦,我是不是应该叫你心灵鸡汤小姐,"爱丝特说道,"我可是正在给你讲我的故事,如果你不愿意听的话就回去吧。"

"请继续说吧,你还没有告诉我任何事呢。"

"首先,我想让你理解一些事情。婚姻生活中最可怕的事情莫过于因变化所带来的恐惧感,也许你已经意识到了,你和格里之间的关系已不同于过去。一丁点儿的变化都会让你担惊受怕。艾伦想让我减肥,其中的缘由不外乎两个:一个是因为他更喜欢他秘书的样子,所以他要让我变得跟那个女人一样,另一个则是因为我的这副尊容让他觉得很丢人。无论是出于什么原因,他要的都是让我做出改变,而这对我来说就是莫大的侮辱。"

"他以前也有秘书啊,为何你会如此担心现在这位?"

"因为她的名字叫苏珊。我讨厌任何叫这个名字的女人。我不信任她们。我母亲的中间名就叫苏珊。"

"对了,你母亲对你离家出走这件事怎么看?她挺喜欢艾伦的。"

"她的事我一会儿再说。她曾来过我这里,你懂的,就是为了窥探我的隐私,干着间谍一样的勾当。"和往常一样,只要一谈起她的母亲,爱丝特就会放低自己说话的声音,语气也变得不太友好,就像她眯起来的眼睛一样。

"你对你母亲的态度太差了,她可是个好人。"

"是么,也对啊,过了六十岁的女人都会变成好人。我期待着自己也能有那么一天,不过我更希望到那时候,我已经死了。"

"就凭那个秘书和你母亲的名字一样,你就怀疑艾伦和她之间有一腿,这简直太可笑了。"

"然而事实就是如此,不是么?你不请自来,逼着我跟你聊天,搅得我不得安宁,之前我的生活可是非常平静的,现在我的五脏六腑都被搅得天翻地覆，我感觉很不舒服，我有点消化不良。"

"让我如此痛苦的罪魁祸首就是嫉妒，"菲丽丝说道，她又吃了一块饼干，"一开始我只是感觉自己很痛苦，后来我才发觉这种苦楚源于我的嫉妒心。现在这种感觉就聚集在我身体下面，在这里。"

"你指的地方不对，还要更下面！再往下点！在你的子宫里！你这个愚蠢的傻子！生不出孩子的婊子！"

"你说的话真难听。而且嫉妒心怎么可能在我的子宫里。我知道自己的子宫在哪，它的位置没有那么低。再说我又不是不能生孩子。格里和我只不过是没办法下定决心要个孩子罢了。更准确地说是格里不能下决心。而且你们不也只有一个孩子么，说的好像你有多能生一样。"

"我没有说自己有多能生，而且我也不是一个能生很多孩子的女人。我只是一个被彻底伤透的女人。婚姻就是会如此腐烂。它伤人。当你翻看那些老照片时，你会想起你们曾经那段手牵着手的美好时光。当你顶着满脑袋的卷发夹上床睡觉时，你会回忆起你们曾经睡在彼此臂弯里的那些片段。而如今的婚姻生活，这一切早已不复存在。"

"我会试着让我们之间的爱情保持活力，"菲丽丝说道，她那双如同洋娃娃一般的大眼睛里闪烁着崇高的光芒，"我会守护格里的爱情，还有我的爱情。我可不想满脑袋顶着卷发夹睡觉。"

爱丝特打开一包巧克力，吃了起来，她用这种方式平息着自己的怒火。她吃的是太妃糖,导致她现在说话的时候都要使上很大的力气才能把嘴张开。

"总之,那天晚上睡觉时,我和艾伦在床上离得要多远有多远,转天艾伦上班迟到了,但他和苏珊之间的关系却变得更加亲近了。"

"你怎么知道的?"

"因为他越是喜欢苏珊,就越是会讨厌我。这是负罪感在作祟,他要把这种负罪感转嫁到我身上,因此他不断地刺激着我,让我越来越暴躁,这样一来他就能给出轨找个正当的借口。他这边刚刚粗暴地对待完我这位年老色衰的旧人,那边就躺在那位年轻貌美的新人床上,向她哭诉着:'是那个女人逼我的!'——这就是他想要的结果。"

"事情肯定不是你想的那样。关于艾伦的事情我觉得你是在编故事。他对你十分忠诚,他是爱你的。"

"爱我?那只是情欲作祟,"爱丝特说道,"什么爱情?不过是欲望罢了!"说罢,她吃掉了盘子上最后一块饼干。

* * *

"你确定要我继续说下去吗?"苏珊问道,当两位女孩回到公寓时,那位外国来的年轻男子也跟着一起进到了屋里,他现在正坐在房间里最好的椅子上,小口啜饮着一杯咖啡,他关注着布兰达的一举一动,不时地亲切点头。由于这名男子并没有开口说话,因此很难判断他是否能够听懂英语。苏珊对这位不速之客的到来感到恼火,但她又一时想不出好的理由拒绝他。"也许你希望我离开,这样你和这位外国友人就能单独在一起了。"

"天啊,请不要这么做,你在想什么呀?"布兰达显得很吃惊。

"你难道不想和他做深入的交流吗?"

"并不想。"

"那他为什么会坐在这里?"

"呃,他就这么跟过来了,不是么。如果把他赶走的话显得我们太不友好了,再怎么说他也是一个外国人,在这里人生地不熟的。"

"我觉得他可能是从伯蒙德来的。如果他能听懂英语,我就不想继续说了,毕竟这些事对我来说是很私密的。"

两个女孩就这样盯着他,那位男士冲她们微笑着点了点头,似乎是想说一些甜言蜜语,当然,前提是他会讲英语的话。

"别傻了,"布兰达说道,"你看,他根本就听不懂咱们说的话。他只不过是一个亲切的外国友人,在一个陌生的地方,喝着一杯咖啡而已。"

"很好,那咱们就不去管这个人了。但千万不要让他再做什么出格的事情了。有些时候你的行为真的很反常,布兰达。你竟然能跟没有经过深入了解的人交往。"

"才不是呢,我可是非常传统的人,不像你那么有勇气。"

两位女孩坐到了燃气壁炉旁,喝了杯咖啡——布兰达拽了拽她身上的短裙,好盖住大腿根处的丝袜,不让她的爱慕者看到。而苏珊则继续讲述着她的故事。

    节食减肥的第二天,艾伦上班迟到了。苏珊正在给盆栽浇水,她拿着一只红绿相间的希尔斯牌洒水壶,这个壶是专门设计用来给盆栽浇水的。艾伦的心情很糟糕。虽然他的版代很欣赏他写的小说,但他的命运并没有因此改变,他觉得生活欺骗了他。

    "哎呀,萨斯曼先生!"苏珊带着一丝责备的语气说道,"您今天迟到了。"

    "那又怎样?"

    "您迟到了呀。"

    "我没有迟到。我只不过是比平时晚到了一些。如果你还是学不会礼貌的话,最起码要学会用词准确。"

    "您总是这么晚才来上班,我猜这是您对自己工作现状的一种无声反抗。我觉得辞职才是您最明智的选择,为什么要把大好的时光浪费在您不喜欢的事情上呢,人生只有一次呀。"

    "大早上不适合谈论这种话题。我还不如待在家里呢。"艾伦把他的外套挂在了窗帘后面,他低头仔细地看了看自己的肚子,看上去没有什么变化,和原来一样。

    "现在已经不早了,我一般都是五点就起床了。"

    "起那么早做什么?"

    "那时候的光线很适合绘画。当其他人都沉浸在梦乡中时,整个世界都会变得不一样。人们不容易认识到这点,但这是不争的事实。"

"有时间的话你一定要给我看看你的作品。"

"我可不会随便把我的作品给别人看,在挑选欣赏者这方面我可是很认真的。"

"你应该对你的文字录入工作再认真点,"艾伦一边看着苏珊录入的日程表,一边说道。

苏珊上身套着一件白色罗纹毛线衫,衣服尺码很小,穿在她身上显得非常紧,下身穿着一件迷你短裙,臀部周围系着一条皮带。艾伦觉得这不是广告公司秘书应有的打扮。正式员工更不会被允许穿成这样。

"怎么回事?!"艾伦惊讶道,"到今天下午为止,我连个会议安排都没有吗?"

由于被艾伦奚落了一番,坐在打字机后面的苏珊冷冷地说道:

"原定您今天是要前往位于苏塞克斯的洗发水工厂。但您迟到了,公司的人等了您很长时间,我给萨斯曼夫人打了电话,她说您才刚出门,所以没有办法,公司让威尼瑞先生代替您去工厂了,这就是您今天的日程比较清闲的原因。"

"哦。"

"公司的人认为威尼瑞先生去也一样会做得很好。"

"哦,是么。"

"而且我觉得他们说得对。威尼瑞先生每次讲话都能给人留下深刻的印象。"

"你现在真是越来越不可救药了。我知道你总是在说自己不是一个当秘书的料,但既然你干了这份工作,也被支付了相应的报酬,你至少应该有一点秘书的样子。你这样的女孩子天天坐在我身边,已经搅得我心神不宁了。"

"是吗,谢谢夸奖。"苏珊微笑着说。

"我并没有在夸你好么。办公室是很严肃的地方,必须把工作放在首位。你是一个思想自由解放的女孩,我们在做的工作在你看来可能很奇怪,甚至可以说是怪异。在局外人看来,一群穿着深色西服、有着较高职业操守和很高薪酬收入的人,围坐在桌子旁边,讨论着年轻女孩对头皮屑的态度——这幅画面简直可以用滑稽来形容。但是这些年轻女孩确实有头皮屑的烦恼,她们需要而且也希望有人能帮助她们解决这些烦恼。有很多人在工厂里工作,他们生产去屑洗发水,还有很多人像我一样,用消费者最能接受的方式,以最便宜的价格销售这些洗发水。我们的工作值得人们尊重,但通常我们会被人嘲笑。人们很容易嘲笑那些有头皮屑的人——反正只要自己没有就好了。"

"您可以将这当作一篇报道的标题了。我并没有嘲笑头皮屑,因为每个人都可能会有,我也没有嘲笑您。我只是觉得您背弃了自己,我为此感到难过。做这种工作就是在浪费您身上的才能。如果在您十五岁的时候,有人对您说您会花上一辈子的时间销售去屑洗发水,那么我敢打包票您会当场自杀,而且就现在的情形来看,您当时自杀的决定是正确的。人要对自己的才能负责。"

"我可没有像你说的,花了一辈子的时间来销售洗发水,我还卖过其他很多东西。而且我觉得你穿的那身衣服很不适合你,你已经不是小孩了,只有少女才会这么穿,成熟的女人不会。"

"为什么您总想用言语攻击我呢?为什么您总想要伤害我的感情呢?我裸露的膝盖让您觉得不舒服了吗?"

"不,和你的膝盖没什么关系,你知道的,扰乱我心神的是你的大腿。"

"对不起,"苏珊说道,"如果让您为难了,那么下次我会穿件长度到脚踝的裙子。不管您让我做什么,我都会答应。"

"天啊,"艾伦说道,"我的天啊,大早晨起来能别说这种话题么。"

"我跟您说过,现在这个时候对我来说已经不早了。我都已经起床好几个小时了。"

艾伦抱住了苏珊。

"今天剩下的时间我都没什么安排,我该做点儿什么好呢?你是不是特别喜欢折磨我呀?"

"您可以继续像平时那样,把自己伪装成一个中年的公司员工。您可以花一整天的时间来维系您和其他员工之间的关系。您可以写一些工作备忘录,来提醒您的上级,让他们注意到您还在公司里——这些工作看上去都是您必须做的。您还可以到公司各处巡视一圈,肯定在某个角落有什么事情需要您巡视。您可以问问职员们工作得是否快乐。"

"你工作得快乐么?"

"我总是很快乐的。"

"我不相信你说的。"

"我总是在做我想做的事情。"

"那你还真是够幸运的。"

"不是幸运,是理智。昨天晚上我梦到您了。"

"你说什么?"

"这是我的私事,那个梦真是不可思议。"

"天啊,"艾伦说道,"天啊,在你梦里的我是什么样子?我可是个上了年纪的中年人,脑子里满是迂腐过时的想法。而你还这么年轻,这么漂亮,这么有才,这么聪明,你真的、真的非常出色。"

"有些时候您的措辞真是非常精妙,但也只是有些时候,大部分时间您都在说一些陈词滥调。我不知道您在试图隐瞒些什么,您用这些老掉牙的言语作为自我保护的手段,但其实根本没这个必要。我希望您在写作的时候不要再用这些过时的说辞了。"

"今天天气不错,要不要去公园逛一逛?虽然这不是咱们日常会做的事情,不过我们可以聊聊书的话题,你知不知道我刚刚写完了一部小说?"

"我知道。"

"你有没有兴趣读一读?"

"有呀。"

"我没有把小说放在公司,不过家里倒是有两本。我会带一本过来,也许那本书能引起你的兴趣。许多人读完后都会感到震惊,但我不认为它会吓到你。"

他们将办公室门上标有"忙碌中"的红色灯打开,然后从不同的楼梯下楼离开了公司,两个人穿过大街,在公园里会合。艾伦感到一丝愉悦,这种感觉就像是小时候逃学一样,而苏珊则有一种阴谋得逞的感觉。阳光照耀在大地上。

"您早餐吃的什么?"苏珊问道。

"鸡蛋。"

"我从来不认为食物有多重要,但我能理解那些习惯了大吃大喝的人一旦失去食物会有多痛苦。因此,我真的不认为您应该节食减肥。在我眼中您就是个十足的影子人。"

"影子人?"

"您缺乏内涵。在女人眼里,男人通常都没什么内涵。他们是色欲臆想出来的产物,是令人绝望的不明根源。在这种情况下,我认为一个男人能做的最基本的事情,就是努力地让自己的肉体更好地活在这个世界上。我相信您可以做到这一点,因为您是一个坚强的人。女人的情况正好和男人相反。处在巅峰时期的女人在男人眼里有着太多的内涵,这就是为什么男人总希望女人能够苗条一点。女人的骨感让男人认为她缺乏内涵。女人身上的内涵越少,男人越不用费心去留意她们,女人表现得越像个男人,男人就越能感到安心。"

"这么说来,我妻子还真是没有替男人考虑过半点。"

"她是不是非常胖呢?"

艾伦沉默了。

"您以前是不是一个画家?"过了一会儿,苏珊问道,她试图将话题引向安全地带。

"你怎么会问这个?"

"从您拿笔的姿势,还有在糟糕的版面上乱写乱画的方式看出您是有绘画功底的。看上去您很清楚自己在做什么。"

"你的观察力还真是敏锐,我确实学过绘画。"

"为什么放弃了?"

"我曾举办过几次个人画展。但靠画画儿终究还是吃不饱饭的。后来我结婚了,作为一个男人,毕竟还是要养家糊口的。一旦被打上家庭生活的烙印,你就没有时间再去做其他事情了。那些想要表达自我的想法就会被抛到九霄云外。"

"如果您够勇敢的话,就不会发生这样的事情,我觉得您可能缺乏一些勇气。"

"如果说真正的勇气在于为了责任而去做一些自己不想做的事情,那么我还真是一个勇敢的男人呢。"

"我不这么认为。真正的勇气指的是去做你想要去做的事情,而不去管会不会伤害到谁。"

"真正的勇气,"艾伦说道,"在于雇用一个有着美丽双腿和任性想法的临时秘书。"

在灌木丛里,艾伦吻了苏珊,在这之前他观察了一圈周围的情况,确认不会被公司的人发现。苏珊感到非常愉悦,她向艾伦请了下午的假,艾伦没办法拒绝这个要求,她要回到家中告诉威廉发生的这一切。

当天傍晚,在回家的路上,艾伦坐在出租车里回想着前一天晚上爱丝特准备用黄油来做煎蛋卷的事情,他感受到的,是爱丝特的恶意。

"你说的这些事情在我听来都好下流,"布兰达喝了口咖啡,"秘书和老板在公园里偷情。听起来简直就是《世界新闻》里报道的故事。我母亲总跟我说——那些坐办公室的男人都是未充分就业的,因此她希望我能嫁给一个专业人士。这些专业人士光是应付工作就已经把自己搞得精疲力竭了,所以他们没有精力再去惹出什么麻烦事来。我母亲总是通过这些充满负能量和城郊气息的表达方式来展现她的幽默感。"

"不过是接个吻罢了,"苏珊说道,"不过在那之后,公园里所有的色彩在我眼中都变得更加浓烈,树木在天空中也呈现出奇怪的形状,当我回家把这一切告诉给威廉时,我发现自己的膝盖在抖个不停,在那一刻我终于证实了自己的判断——我真的坠入爱河了。当然,如果对方不是我的老板,我觉得即便是同一个男人也不会给我留下如此深刻的印象,承认这一点没有什么值得羞耻的,人的地位通常会成为一剂猛烈的催情药。电话簿上用黑体印着艾伦的名字,如果你在一家像佐海利这样的大公司工作,哪怕只是临时工,这些东西对你也具有很大的吸引力。"

"你刚才说什么?你把这些事告诉威廉了?"

"我跟他讲了艾伦的事情,我希望他能离开我,这也是为了他好,因为我已经和别人相爱,继续相处下去对他是不公平的。他很快就明白了我的想法。我们之间是一种高度开明化的关系。于是乎他就回到了自己的家。事情发展到这里,一切看上去都是那么顺利。"

"但这些都是你的假设啊,不是吗?我的意思是,在公园的时候,你就没想过你和艾伦之间会发生除了接吻以外的事情吗?而且你在和艾伦确定关系前就甩掉了威廉,万一下次你们再见面时艾伦假装什么事都没发生怎么办?我之前就遇到过那样的男人。"

坐在一旁的外国男人伸手递出了空杯子,布兰达再次给他斟满。

"他的膀胱会爆炸的,"苏珊说道,"一个人怎么能喝掉这么多咖啡。"

"那是因为他不想离开这里,喝咖啡不过是他能留在这里的借口。他是在替咱们着想才忍受着这一切的。"

"是替你着想。"

"还真是这么回事,"布兰达说道,"他眼睛一直盯着的人是我,而不是你。我想知道这是为什么。"

"也许在他的国家,人们都喜欢有双粗壮大腿的女人。"

"你觉得他来自哪个国家?"

"黎巴嫩?"

"那是哪里?"

"我也没啥概念。"

"也许他来自锡兰①,或者类似的地方,在我看来他是一个受过良好教育的人。"

"你是怎么推断出来的?"

"从他的眼神里可以看出他很聪明。你不认为他很有魅力吗?我喜欢安静的男人。"

"我跟你不一样,我喜欢健谈的男人。艾伦就很会说话。"

"苏珊,如果威廉真的那么开明,那么善解人意,那为什么现在他不在你身边呢?"

"那是因为他的妻子要生了。我不明白你为什么要发牢骚,你能住在这里,都是拜威廉不在所赐。"

"对不起,这一点我还是清楚的。"

"我没有恶意,但你也知道,女人更喜欢和男人住在一起,此乃天性使然。"

---

① 锡兰:即如今的斯里兰卡。

"在肯辛顿区,有很多以秘书为职业的女孩子都是合租一间公寓的,她们就不想跟男人住在一起吗?"

"那些人要么是胆小鬼,要么就是同性恋。"苏珊答道。

"想必如此!"布兰达回应道,但她并不相信苏珊所言。

外国男人此时正在闭目养神。布兰达走到他面前,轻抚了一下他的额头,尽管她对他的表现不满意。

"布兰达!你在干什么!"苏珊吓了一跳,"你根本就不认识他!"

但布兰达并没有听她的话,苏珊起身离开公寓,回到了酒吧,公寓里只剩下他们两个人。

"节食减肥的第四天,我就已经绝望了,"爱丝特对菲丽丝说道,"我真的不愿回忆那段日子。我们要不要出去吃点咖喱?那样能让我感觉好一点。我已经好长时间没有出门了。"

"那你需要换身衣服,"菲丽丝说道,"你不能穿成那样就出门。"

"为什么不能?"

"你衣服上全是汤渍。"

"我都不在乎,你为什么要介意呢?我离开家的时候没有拿任何东西,我也不需要衣服。我不想让任何人注意到我,如果他们看到了我,那也只能是他们的不幸。你是不是觉得和我一起出门很丢人?"

"我没有。"

"你撒谎。在我的记忆里,所有人都觉得和我一起出门很丢人。我是一个邋遢的小女孩。我母亲以前经常这么说我。你知道的,她本身就是个很爱干净的小女人,如果拿我跟她比的话,她的干净程度简直令人发指,而我身上则好像是多披了好几层皮,每层皮上都堆满了污垢。嫁给艾伦以后,我费了很大力气让自己变干净——我除去身上的泥土,扫净身上的污垢,打磨身上的肌肤,我把整个房间也收拾得干干净净。每天我都会洗澡,一天会换两次衣服,还会不时添置新衣,所有的衣服我都会干洗。打扫卫生是件很耗精力的差事。除此之外,我也会缝扣子。但我并不愿意做这些事情。随着周围的一切变得越来越整洁,我的心也越来越扭曲。你现在看到的我才是真实的我,我不会再伪装自己了。如果你觉得和真实的我一起去印度餐厅吃饭是件很丢人的事情的话,无所谓,反正我也不是真的想出门。橱柜里还有很多英式咖喱。"

"你已经吃了这么多了,怎么可能还饿呀。"

"这跟饿不饿没有关系,真的,我对天发誓。"

"那就是心理问题了,你是不是这个意思?"

爱丝特不屑于回答菲丽丝的疑问,她从架子上拿起一罐咖喱和一罐咸味米饭。

"我拿的这个当然不是真正的咖喱。真正的咖喱做起来非常麻烦。你需要用到各种香辛料,还有椰奶,你必须非常精准地掌控不同材料的烹饪顺序。咖喱可不是简单地炖上一锅菜，再往里加入什么咖喱粉、葡萄干、香蕉就能做出来的。你要花上一整天的时间才能熬制出一锅真正的咖喱。我知道这很浪费时间和精力，但是做咖喱能让女人一天都有事可干，这才是重点。如果女人突然有了一两个小时的闲暇时光，那么她们很可能会盯着自己的丈夫，然后傻笑起来，不是么？很高兴你没有让我出门。如果我离开了这儿，天知道我会跑到什么地方去。"

"我可没有不让你出门，是你自己不想出去。"

"是吗？那我还真走运呀。咱们说到哪里了？对了，说到关于节食减肥的奇怪之处，那就是随着停止进食的日子不断累积，你会越发清晰地观察到事物的本来面目。节食减肥一周之后，我就能非常深刻地认清自己的本质，那种感觉令我非常不舒服。家里的感觉也令人不适。我的家如同寒冷刺骨的冰窖，冰窖里装满了各种各样的家具摆件，它们总是需要被不停地打扫、整理、清洁、抛光，然而我却看不出它们有丝毫存在的意义。为什么我会这么说？因为这些东西并不是人类，除了外形美观之外它们一无是处。它们唯一的优点就是廉价。我用很便宜的价格买了这些玩意儿，这样一来我就能有更多的钱来做别的事情，但这又有什么用呢？我把一辈子的时间都耗费在这些旧东西上了，我在集市上发现它们，买回它们，把它们摆到架子上供人欣赏。这些玩意儿做工都挺精巧，有的看上去还很漂亮，但它们都不能成为我还活着的证明。将家庭经营作为终身职业并不是成熟女人明智的选择。整天除了扫地就是擦桌子,除了做饭就是洗衣服,为了工作而工作,这是一个无尽的死循环,从你结婚的那天开始,持续到你死的那天结束,又或者会在你被送到养老院的那天提前结束,因为那时的你已经虚弱到拿不起、洗不动男人的脏衣服了。我做这些事情到底是为了谁呢?显然不是为了我自己;也不是为了彼得——对他来说住在树上还是住在房子里没有什么区别,他从不会在意周围的环境;我做这些也不是为了艾伦,艾伦只会关注我哪里做得不好,他会拼命寻找哪里还有灰尘,哪里还有垃圾,然后责备我没有打扫干净,一旦他找不到这些东西,一旦他无法责备我,他就会变得很不高兴。而我每天要做的就是把周围的一切都打扫得干干净净,让他无法责备我,让他不爽。我这一辈子都在跟艾伦斗来斗去,赢得这场斗争就是我家庭主妇工作取得的最大成就,我用一生的努力来提高我作为女人的各方面能力,但最后这些进步对他来说都是无关紧要的事——我的人生就是这么被荒废掉的啊!难道直到死去的那天我也要一直做着抛光、除尘、洗涮、熨烫的工作吗?难道要我在这些事情里找到成就感和满足感吗?难道我要一辈子把自己还有艾伦禁锢在这种由砖块和水泥建成的所谓的'家'里吗?如果我和艾伦生活在一个洞穴里,我们的生活还是一样幸福,或者凄惨。如果我和艾伦生活在**两个**洞穴里,那么我们彼此的生活就会更加自由,我和他也都能重新找回自我。"

"洞穴可是肮脏潮湿的地方。要是住在那儿,你很快就会患上结核病的。我也不认为艾伦能住在洞穴里。要是换作格里的话我倒觉得没问题。"

"你还真是个受虐成瘾的小女人,不是么?你喜欢被自己丈夫欺凌的感觉。"

"格里才不会欺负我。他只是很固执,不善于控制自己的情绪而已,他有时候想到什么就会说什么,他还是一个性欲旺盛的人,但他绝不会欺凌弱小。他需要我。我也喜欢把家收拾得漂漂亮亮的,这样当他回家的时候,就能闻到食物的香气,就能看到周围的一切都是那么干净和整洁。"

"我敢打赌,为了给格里准备欢迎仪式,你还会抹上口红,穿上新连衣裙,梳好自己的头发,然后像女性杂志封面的模特一样,脸上挂着微笑,好像在对格里说:'亲爱的,欢迎回来'——天啊,你是有多无聊。"

"傻子才会那样做。格里说过,回家是他一天里最期待的时刻。"

"他只是嘴上说说而已,是你让他这么说的;你知道他心里真实的感受吗?你知道他是怎么想的吗?你知道男人都是怎么想的吗?节食减肥的那段时间,当我注视着艾伦时,映在我眼中的是一个陌生的身影,一个充满敌意的陌生的身影,一个在背后欺骗我、背叛我、嘲笑我的身影。婚后生活这么多年,他一直都在嘲笑着我,玩弄着我,利用着我还有我的钱财,他对我毫不关心,这一切我都看在眼里。他对我微笑,只不过是为了掩饰嘴部翘起的嘲弄冷笑,他硬着头皮来抚摸我、拥抱我,对我来说这简直是天大的侮辱。我知道他必须这么做,因为他需要通过爱抚我来让我保持安静,他贪求的是年龄和身材都只有我一半的别人。"

"对一个人产生这样的感觉是很可怕的,更何况这个人还是自己的丈夫。艾伦不是你说的那样,他没有那么奸诈。"

"我没有说他奸诈。我只是在说节食减肥的那段时间他给我的感觉是什么样的。当然,茱丽叶也在用尽浑身解数,把事情弄得更糟。"

节食减肥的第七天,茱丽叶坐在客厅的桌子旁,一边哼着歌,一边效率低下地胡乱擦拭着桌上摆放的各种银器。爱丝特此时正在隔壁的厨房里,她把锅碗瓢盆弄得叮当作响,以表示对茱丽叶在工作时嬉闹的不满。然而她越是这样做,茱丽叶唱得就越欢实。忍无可忍的爱丝特走到厨房门口,从头到脚打量着茱丽叶,不过茱丽叶还在继续唱着歌,手里擦拭的频率也没有丝毫提高,在擦拭金属表面时还更加用力了。

"茱丽叶,如果你再使点劲儿擦的话就更好了。"

"擦得太用力会刮花表面的,萨斯曼夫人。我得用材质细腻的抹布轻轻地擦拭才对。"

"*说得*真好听啊,茱丽叶,你做的可完全不是那么回事儿。"

茱丽叶放下了手里的抹布,"您是在说我不懂得怎么擦拭银器么?"

"没错。"爱丝特无可奈何地说道。

"那你还是找别人来做这份差事吧。老实说,自从你和萨斯曼先生开始节食减肥后,每次踏进这间屋子,我就会变得特别压抑。"

"我希望你不要走,茱丽叶。"

"留下我是一个明智的决定。因为你找不到愿意在这种地方工作的人——东西被扔得到处都是,周围尽是陈旧的摆设,它们不仅样式过时,还都褪色泛黄了。"

"我觉得这些东西碰巧都很时髦啊。"

"好吧,那我就说说这里的氛围!你找不到愿意在这种氛围下工作的人。"

爱丝特被吓到了,"你说这话是什么意思?"

"这个嘛,"茱丽叶说道,语气缓和了些,"我敢说世界之大无奇不有,坦白地讲,你们家跟我见过的别人家一比,也没什么。"

"你的意思是你会留下来的,对吧?请留下来吧,不要生气。"

"我会再陪你一段时间,帮你渡过难关,因为现在的你很显然已经失去了自我。希望你不要介意,但我想说用节食减肥这种方法毁掉自己的健康还有自己的好脾气,简直是愚蠢透顶。人的胖瘦是天注定的。如果你再继续这样下去,你就会失去你的丈夫一瞥真实的你,他就不可能有太多幻想。"

"可这一切都是他叫我做的。"

"他仍然不满足于已经拥有的这一切吗?是不是?男人都是

这副德行。他们是一群忘恩负义的猪。你为他们付出了一切,为他们生养孩子,给他们做饭,给他们洗衣服,帮他们暖床,你每天精心呵护自己的脸,就是为了让他们能够喜欢你,你把自己搞得筋疲力尽,就是为了能够取悦他们,但这一切到头来又如何?他们最终还是会投入其他女人的怀抱,他们会喜欢上那些年轻的,还没有被男人玩腻的女人。婚姻就是一场骗局。女人还是应该嫁给有钱人,这样一来她至少可以在上了年纪之后,有件毛皮大衣留给自己取暖。"

"我不知道你说的是谁,茱丽叶,但我的丈夫肯定不是你说的这样。如果你还想继续为我工作的话,我会付给你 8 英镑的时薪,这可比市场价还高出 3 英镑,我希望你能继续留在这里工作。"

"好吧,我会继续在这里工作的,萨斯曼夫人,更何况咱们相处得又如此愉快。你还是去吃片热吐司吧,抹上果酱的热吐司,再喝杯美味的牛奶咖啡。"

"不行,那样就成了欺骗。如果我骗了艾伦,他会杀了我的。"

"你认为艾伦不会欺骗你,无论他是在办公室,还是在其他地方,他都不会这么做,对不对?当他不在你视线范围内的时候,你觉得他会做些什么?"

"接着干你的活儿吧,茱丽叶。"

茱丽叶继续哼着歌。爱丝特回到厨房,小小的泪珠从她宽阔的脸颊上滴落下来。

当苏珊回到公寓时,她发现布兰达正在房里踱来踱去,她穿着睡袍,瞪着一双灰色的大眼睛,看上去好像是受到了惊吓。那个来自国外的男人此时正躺在炉子前的地毯上熟睡,他穿戴十分整齐,甚至连领带都一丝不苟地系在胸前。

"怎么会发生这么离谱的事情!"布兰达说道,"人生真是处处充满了奇怪的体验!不过他们说得对,爱情没有信仰和肤色人种的界限。就像在晴朗的天空中突然划过一道闪电。我现在真庆幸自己离开了家里。像这种事情只会发生在伦敦。"

"如果我是你,我就会非常谨慎。也许他患有奇怪的疾病。"

"不,不会的,他不是那样的人。他是一个非常绅士、非常感性、非常谨慎的人。"

"你怎么知道,他都没说过一句话。"

"你能够感觉出来,"布兰达说道,"你能从他呼吸的方式中感觉出来。"

"我觉得你现在的表现才叫离谱。这种行为几乎可以被称为滥交。请叫那个男人立刻离开这儿。"

"他现在还在睡觉。我们得等他醒过来,现在把他吵醒的话对他的健康不好。而且我觉得你刚才那样骂我是不公平的。你不也是一直在倡导自由的、无拘无束的生活吗?现在我的生活刚刚有了这种苗头,你就出来打击我,让我觉得自己好像做错了什么事。但我没有做错,真的没有。我没有做任何值得羞耻的事情。我的一切行为都源自于爱。这种爱从我的身体里流淌而出，这种感觉非常美妙，我觉得自己仿佛和大地融为一体，成为了它的一部分。"

"到底发生了什么事？我指的是身体上的，不是心理上的。"

"我记不太清了，我真的记不清楚了。苏珊，家里还有没有酒？"

布兰达避开屋子中间光亮的地方，走向了暗处，那里是苏珊平时放置各种绘画颜料、瓶瓶罐罐、画笔还有工作服的地方，这些东西在黑色的地板上形成了一处阴暗区域。

"我突然感觉很难受，"布兰达说道，"真的。这都是你的错。在你回家之前我一直感觉良好——我的感觉被自由和幸福占据，我的心情很美丽，身体里充满了惊喜之情。但是现在，我只感觉到恶心。"

"我不是你的母亲，你自己也不是小女孩。我觉得做这种事不是你的天性。你不适合做这种事。你应该回到家里，接着嫁给一个优秀的银行职员，然后只在必要的时候，和一些人畜无害的家伙——比如送奶工——发生一段婚外情。"

"要是我怀孕了呢？"

"那你就真是蠢得无可救药。你知道他的名字还有家庭住址吗？"

"不知道。"

"那就找他要。"

"当他醒了之后我就要。你能接着跟我讲讲你和艾伦之间的事情吗？我们可以假装这个男人不在这里。"

"你不能逃避现实。你拿的那个瓶子里放的是松节油，不是葡萄酒。"

"也许我应该喝了它。死亡才是我应得的下场。"

"死亡是一件举足轻重的大事，死亡本身也是美丽至极。你所做的事情既微不足道，又肮脏下流，请不要把你的所作所为和死亡相提并论。放下那个瓶子，你甚至连去死的资格都没有。"

"别那样跟我说话，至少我没有破坏别人的婚姻。"

"我并没有想要破坏别人的婚姻。如果其他人的婚姻确实因为我而破裂，那也不是我的错——那是妻子的错，谁让她们比不上我呢。也许从表面上看这很不公平，但这其实是上天给我们的教诲——凡有的，还要加给他，没有的，连同他所有的，也要夺过来。"

"但这总归是不好的行为。我敢肯定男人也很看重自己妻子其他方面的品质。我曾经读过一份报纸，内容讲的是德国人对妻子应具备的优秀品质进行排名，他们将节俭的品质排在第一位，其次是清洁能力，再次是忠诚度，而美貌则排在末尾，智慧则是最后一名。"

"你想要嫁给一个德国人么？"

"不想。"

"那不就结了。"

"但我也不想在婚后看见自己的丈夫跟别人跑了。我觉得女人不应该和有妇之夫交往。"

"那躺着的这位呢?"在炉前地毯上睡觉的男人突然翻了个身。

"我不知道他是不是结婚了,他也没说他已经结婚了。"

"我想此时此刻他的妻子正在家中哭泣,他们的孩子正趴在母亲的膝盖上抽泣。我觉得这就是他不学说英语的原因,没有人会拿他的妻子说事,他也不会因此感到不快。"

"别再说这些了。他只是一个放荡的年轻学生罢了,过着无忧无虑、充满活力的生活。"

"这是你猜的吧?"

"我怎么可能知道。实话告诉你吧,直到现在我对他也没有丝毫了解。我真希望他现在能够醒来,然后离开这里,这样我就没有什么可担心的了。"

"你对待性爱的态度像个男人一样,也许这就是你身上不正常的地方。'昨日激情似干柴烈火、今日相见如路人过客'——女人可不应该有这种一夜情的情结。"

"艾伦老到可以当你的父亲了。也许你有恋父情结。"

"没错,我不否认这点。他成熟老练,充满智慧,高人一等,很有自控力。他西服裤子上的裤门纽扣系得好紧,我想把他的衣服脱光,解开他身上所有的无聊装饰,把他变回一个赤身裸体的小男孩,虽然我不知道自己能不能做到,但光是想一想,这种兴奋感就足以让我陶醉。突然之间,我对某人产生了无法自拔的依赖性,我不能自已地喜欢上了一个人,我想要赢得他的好感,想要给他留下深刻的印象,想要吸引他的注意力,想要的全部就是他能够看一眼自己,我每天都感到非常紧张,缺乏安全感,担心自己有没有口臭——我以前从来没有过这些体验,这是暗恋一个人会患上的症状,这些症状既令我感到可怕又让我觉得光荣。我终于有了真正活着的感觉。然而我并不推荐你也这样做,布兰达,你还没有强大到足以承受这样的痛苦,这就是为什么你和男人之间总是维持表面的关系。当然,你的选择也是一种生活方式,但我更喜欢全身心投入到自己正在做的事情当中,即使它会给我带来痛苦也无所谓。你现在闻的瓶子里装的是威廉自制的接骨木果酒。都过了半年了,我觉得还是别喝了,不过我倒是想开一瓶,为威廉和他的孩子干杯,为艾伦干杯。还有,别再说我破坏了威廉的婚姻,因为我压根儿就没有这么做过,否则现在他也不可能会回到他妻子身边,难道不是么?而你也就不会把我的公寓当成夜店,接下来的这些烦心事也就不会发生了。所有人都会像过去一样,继续过着开心快乐的日子。"

节食减肥的第八天,艾伦坐在空荡荡的办公室里,哼着小曲儿,他把双脚放在了办公桌上。他的心情很好。在他的手肘旁摆放着一瓶快要喝完的香槟酒。午餐时间过后,苏珊才来上班。她已经被调离到研究部门,据说这是艾伦的要求,这种调动对苏珊很不利。

"你怎么唱起歌儿来了?"

"因为我高兴。"

"你喝多了。"

"我是喝酒了,但我可不需要通过喝酒才能让自己高兴。我是因为高兴所以才喝酒。现在没有任何事情能够阻止我享受这份快乐,无论是吃畜类的肉,还是吃禽类的肉,无论是喝饮料,还是我的妻子,就算是你,亲爱的,也无法阻止我。"

"你为什么会认为我想要阻止你呢?我也希望你能高兴。"

"哦,没有。你也想快乐。"

"我们接下来要做些什么呢,艾伦?"

"做什么?"艾伦突然将双脚从办公桌上放下,把香槟酒瓶扔到垃圾桶里,然后拉直他的领带,说道,"做什么?你指的是哪方面?"

"关于咱俩的事。有时候你让我觉得自己就像是一个下流的办公室女郎。我认为你是故意让我有这种感觉的。"

"但你知道自己并不是那样的,不是吗?你很优秀,也很敏感,你很有才华,你值得比我更好的男人来疼爱你,你明白吗?"

"你在嘲笑我。"

"你真是没有幽默感。这是你最大的问题,这个问题很严重。"

"你不会用认真的态度对待任何事,我觉得这一点更严重。"

"抱歉,我是不是表现得很让人讨厌?"

"是的。"

"我太饿了。我其实没有喝多少酒。只是我突然间特别想喝点什么,我实在是太饿了,我的胃都空了。"

"我已经不知道你想让我在你的生活中扮演什么样的角色了。"

"我也不知道自己究竟想要什么。我只知道在你来这儿之前我很开心,满脑子想的都是你。但奇怪的是当你真正出现时,那些快乐都消失不见了,取而代之的是一种厌恶感,我的内心也开启了防卫机制,这些感觉让我焦虑。你看上去真迷人。"

"今天晚上你要去我那儿么?我得确认一下,好准备晚餐。"

"我去你家可不是为了吃东西,不是吗?你要记住我可是个已婚男人,现在还在节食减肥中。"

"我希望你能多吃点东西。饱餐后的你要比现在友善得多。"

"过来,坐在我腿上。"

"我太沉了,而且会有人进来的。"

"你说得对。老板和秘书之间也不该有这种不庄重的行为。"

"我真不明白在你心里究竟把我当成了什么,你对我到底有没有感觉?你说话的方式让我觉得你恨我,但你做的事情又让我觉得你爱我。"

"说话注意点。"

"怎么了?"

"不要轻易使用那个词语。那个词语会比其他词语引起更多的麻烦。你现在是不是应该去工作了？"

"下午三点半之前托尼·怀特都不会来公司。他总是一副醉醺醺的样子,臭气熏天。他经常倚在我的身上,然后朝我的耳朵里吹气,那种感觉真是太可怕了。"

"可怜的苏珊。"

"既然你现在脾气这么大,对我也这么冷淡,那我还是回到自己的办公室吧。如果你都不介意托尼·怀特把他的手放在我的裙子上,那我为什么要介意呢？"

"他可是个肮脏下流的老男人,不是么？"

"他并没比你老到哪里去。"

"怎么能把我和他相提并论呢。哎呀,苏珊,我是一个饥饿的男人。我的胃里现在虽然充满着香槟酒的泡沫,但是泡沫并不是吃的东西。享受美食可是这个世界上最高的乐趣。"

"不要跟你的情妇说这些有的没的,这又不是什么夸奖的话。"

"我现在已经神志不清了。苏珊,我有没有变瘦呢？你想要我拥有的那些内涵是不是也在我的身体里不断流失呢？昨天我做了一整晚的梦,自打我二十岁以来就没再做过梦了。我梦到了很奇怪但也很美妙的东西——我梦见了炸鱼、薯条、面包、黄油,还有甜茶。在梦里我看见了一艘船,装满了煮沸的果酱,正从极地的冰川那里向我驶来。我还看见了——唉,苏珊,在梦里我看见了这些东西,因为我的人生就是由这些东西构成的。"

"你又在嘲笑我了。"

"有何不可?上天赋予了我还有你进行诗意幻想的权利。我对你的态度是很认真的。当你坐在那里,向我摇晃你的双腿时,我看到了这个世界上最美丽的肢体。你让我恢复了青春活力。你丝袜顶端和短裤之间裸露的肌肤极大地激起了我的欲望,我真想咬上一口,今天晚上我决定去你那儿了。"

"你说的还真是露骨,你只对我的身体感兴趣。"

"当你第一次向我展现你丝袜顶端裸露的肌肤时,你做的事情比我之前雇过的所有秘书做的都露骨,这已经很能说明问题了。和我相处,你有着自己的一套行为方式。但有一点我必须提醒你,那就是我已经上了年纪。而你还只是一个孩子,你现在正在玩着危险的游戏。当孩子们用认真的态度来对待游戏时,他们往往会以泪收场。但如果换作成年人的话,他们往往会落个自杀、离婚,或是自己的孩子变成少年犯这种下场。对于自己正在做的事情,你要小心谨慎。"

"你和我之间只有二十岁的年龄差距。更何况你根本就不老,你只是经验丰富罢了。"

"跟你比起来,我怀疑自己还是很缺乏经验的。当然,我有自己的人生目标,也有自己喜爱的事情。从年龄上来说我比你大,而且大得多。年轻对我来说就像魔法一样神奇,但对你而言更像是一种负担。我是一个秃了顶的、又胖又老的男人,但我不想成为这副德行,我幻想你也许能够拯救我,可以用你的青春活力还有对未来的希望感染我,让我找回这些年失去的所有东西,重拾打好领带,塞上口袋巾的心情,但最终时间会战胜一切,我也只能屈服于自己的年龄,岁月甚至可以将欲望变为尘埃。我是一个诚实的人,虽然有悖于我的初衷,但我还是想在这里警告你:差不多一周以后,我就会回到自己那温暖又熟悉的家里,然后忘了与你发生过的所有事情,回家之前我还会发出阵阵的咳嗽声,告诉人们我回来了。也许我这样做会给你带来伤害,我是这样推断的,因为我并不了解你们这一代人的想法。但是我可以告诉你的是,我对你可没安什么好心。如果你想认真对待你和我的这份感情,请你现在就收手吧。不要再向我摇晃你的双腿,我经受不住你的诱惑。节食减肥让我变得十分脆弱。你现在正在利用一个可怜的、虚弱的、饥饿的男人。我从来没有想过婚后出轨的事情。"

"你把我当成了一个没有感情的冷血动物。你认为我是一个性欲旺盛的女人,贪婪地想要吸食你的身体。你的这些想法真是有够老掉牙的。一个女人如果在一段感情中采取了任何主动姿态,你都会认为她是在作贱自己,你会觉得这样的女人一文不值。但实际上我为了你已经放弃了很多事情,因为我相信自己的感觉,我也做好了承受这一切的心理准备——不止包括你对我身体的唾弃,也包括你对有关我一切的唾弃。我为你付出了这么多,可你却视而不见。"

"我没有意识到自己做了这样过分的事情。"

"请试着理解我。"

"好吧。你向我付出了什么?"

"我的与众不同。我让你看到了我身上所有与其他女人不同的地方。但是你却不把它们当回事。你没有把我当作一个人来看待,而是把我当作了一个女人,我想要让你把我当成一个人来对待。"

"深陷婚外情中的女人要学会知足,不要总是期待太多东西。"

"你试图通过伤害我的方式来撇清自己。但我仍对你充满信心。你不能每天只坐在自己的办公室里,满脑子想着头皮屑的事情,然后编织着各种愚蠢的借口来防备我,你的才能不应该被浪费在这种地方。我想要拯救你,我给了你一次蜕变的机会,可以让你飞到一个更加美好、更加丰富、更加真实的世界生活。蜕变的过程会让你痛苦,可是一旦你抓住了这个机会,你就能拥有比现在更好的未来生活,如果你错过了这次机会,那么你的后半生就会像现在这样,继续过着无聊、空虚、寂寞的日子。"

"我现在彻底不开心了,"艾伦说道,"你满意了?"

苏珊搂住艾伦的脖子,凑到他的耳边,用略带鼻音的声线说道:一切都会好起来的。

"你不说话的时候,"艾伦说道,"就会变成一个好女人。和你这样的孩子待在一起总是令人身心愉悦,你的皮肤白里透红,你的乳房就像是木瓜一般醇美,你的呼吸就像是蜂蜜一般香甜,你的头发就像绢丝一般——不对,绢丝不是吃的东西。"

"像太妃糖织出来的怎么样?"

"棒极了!比起吃上一打奶油蛋糕,我现在更想和你做爱,这可是你这辈子能听到的最真诚的赞美之辞。现在回到你的办公室,去给托尼·怀特打字吧,不过你要告诉他,让他管好自己的双手,把它们放到该放的地方去,如果他不听你的话,那你就给他一脚,踹他的蛋蛋,或者写成简报吓唬他,记得要一式三份的,这种方法会让他更加害怕。"

苏珊的眼中含着泪水,不知道是因为哭了,还是因为愤怒的感情占据着她的身体。布兰达从来没有见苏珊哭过,所以她认为苏珊应该是在生气。苏珊放上一张西德尼·贝切特[①]的唱片,绕着睡在地板上的男人跳起舞来。她跳得很孤独、很寂寞、很绝望,看上去很性感却又像是在自我陶醉。由于地上还躺着一个人,苏珊跳舞的时候不得不根据他的位置来调整自己的步伐,但总的来说,她从心底里蔑视这个男人。她舞动着的身躯像是由两个不同部分组成——她的上半身摇摆得如同大风中颤抖的孱弱树木,而她的臀部则机械式地上下抖动着,做着像活塞一样的运动。这种激情的表演弄得布兰达有些尴尬,当苏珊终于停止了这种疯癫的行为后,她才松了一口气。苏珊平静地坐了下来,喝了一口接骨

---

① 西德尼·贝切特:爵士乐史上以高音萨克斯管为主奏乐器的先驱者。

木果酒。

"爱情总是会带来痛苦,"苏珊说道,"相比你所爱的对象来说,那份激情是如此崇高和伟大。在庄严的爱情面前,男人只不过是渺小的东西,他们是有缺陷的生物,他们是那样微不足道。爱情会占据一个人的心,但这个世上却没有一件合适的东西能够承载爱情,这种矛盾造就了永恒的痛苦。"

"也许你应该当个修女,嫁给神明,这样一来你就会感到满足了。"

"我已经开始理解修女的感受了,"苏珊说道,"以前我一直不认为自己能理解她们。我想我应该感谢艾伦,是他让我懂得了这些。不过我还是坚信当修女的人必须是处女,然而我不是,所以我永远当不成修女。我需要男人来定义我的人生,我需要他们来告诉我我是谁。如果没有了男人,那么我将不复存在。我会变得四分五裂,支离破碎。因此,如果我想继续活下去,我就必须生活在这无尽的痛苦之中。"

"可是许多时候爱情给我的感觉是很快乐的,并不痛苦。"布兰达说道,语气中带有些许歉意。

"你还好意思说,你的内在就是个婊子。我真是看错你了,亏我还以为你能成为一个贤妻良母,你的大腿只不过是赚钱的工具,而不是用来生养孩子的。"

"你刚才说的所谓'爱情'才可笑呢,"布兰达愤怒地回应道,"照你这么说,你的爱情和你爱的人无关。这也难怪,谁让你心里的爱太多了呢,多到都溢出来了,随时会溅到别人身上,就像是吸血的蛞蝓。如果我要是个男人,我一定会想要甩掉你的爱。"

苏珊盯着画架上自己的作品,说道:"我画的这些东西也让我觉得恶心。它们只会让事情变得更糟。画这些东西根本毫无意义。它们只不过是我的分身,蔓延到另一个维度里罢了。只要你是一个女人,你就永远赢不了。看看这些画,这些玩意儿不过是在自娱自乐。我都不知道自己为什么要把它们画出来。"

"为什么你要坐在这儿听我讲这些事呢?"爱丝特向菲丽丝发问,"为什么你不回家把格里的拖鞋温热呢?为什么你不回家继续生闷气呢?为什么你不回家穿上件轻薄的睡衣来勾引他呢?总而言之,为什么你不去做平常这个时候你应该做的事情呢?"

"今天晚上他会加班到很晚,我觉得自己没必要待在家里等他,我要给他点颜色看看。"

"给他点什么颜色呢?"

"告诉他我也有自己的私人生活。"

"你是不是一直在玩这种游戏啊,菲丽丝?还是说偶尔如此?"

"游戏?这不是游戏。这是很严肃的事情,而且我很痛苦。"

"假设他回到家,发现你不在,那又能怎样呢?他还是会到外面去找别的女人,他会用这种方式来报复你。"

"我知道的,我想这种事以前也发生过。这种事情搅得我心神不宁,也许我应该回家了。"

"我觉得也是。"

"不过你还没有告诉我任何事呢。你一直都在说些细枝末节。不行,我不能回家,我必须给格里一个教训。"

"难怪他会去外边找别的女人了。"

"不是格里去外边找别的女人,而是那些不择手段的女人主动出现在格里的视线里。有些女人就是那样。如果格里生我的气了——他很容易生气——就会发生一些很可怕的事情。"

"可怕的事情?对谁来说?"

"对我和格里来说都是。这会让他的生活陷入到许多麻烦之中,他有着很强的责任感,否则他就不会一直去看望他的妻子了。"

"你才是他的妻子,菲丽丝。"

"我指的是他的前妻。很容易就忘记这一点——我觉得那个女人才是他真正的妻子,而我则是扮演了一个错位的角色,我不应该跟格里住在一起。请接着说你的故事吧,能不能给我也来点午餐肉?"

爱丝特给菲丽丝切了一块午餐肉,然后给自己也切了一块。两个人津津有味地咀嚼着午餐肉上粉嫩柔软的部分。

"说到那些故意让自己出现在男人视线里的女人,"爱丝特说道,"那个叫苏珊·皮尔斯的笨小孩干的就是这种事情。艾伦并不是一个懂得浪漫的人,但是他写了一本小说,而这件事情就能让那个女人展开对他的追求。于是我总结那个女人喜欢的男人类型,就是那些身上带着一点文人气质的男人,最好还是结了婚的,并且前途光明,名字还会时不时地出现在诸如《某某周日报》一类的报纸上。我认为她就是一个典型的城郊女人——她身上这种已经定型的真实自我很容易成为驱使她思考和行动的决定性因素。她身上的情欲一旦被唤起,哪怕是被轻微地唤起——而艾伦就非常善于做这种事,他会对你做出承诺,讨你欢心,但却不会兑现它们——她那颗小小的郊区心脏就会开始渴望起爱情。但艾伦要的可不是这些。"

"那他想要什么呢?"

"那时候的他很饿,一个饿极了的男人会去抓住所有他能抓到的东西。"

"但是你当时也很饿啊。"

"饥饿会让艾伦变得更具攻击性。但只会让我变得更加无聊而已。以前,我的日常生活都被采购食材、烹调食物、享受美食、收拾厨余所占据。现在,我再也不用去做这些了。在漫长难挨的饥饿时间里,我无所事事,于是我想让自己忙碌起来,却发现艾伦背叛了自己。"

"你怎么知道他背叛你了?你怎么就这么肯定?"

"我承认,日常生活的巨大变化让我变得容易产生妄想。我可能仅凭那个女人是个临时工,而且名字叫苏珊,就怀疑她和艾伦做了不忠于我的事,而不去在意自己究竟有没有证据。我没有确凿的证据,但我就是怀疑,而一次很偶然的机会,让我得知了真相,事实证明我的怀疑是正确的。"

"我从不认为格里的婚外情会对我的婚姻构成什么威胁。它们都是微不足道的小事,格里是这么对我说的,对此我也表示同意。"

"你除了同意之外还有其他的选择么?你会离婚么?你还没有勇敢到去做一个单身女人。你就是个胆小鬼。一直以来,你都假装自己很无助,而现在,你早已陷入了无助的境地。格里深知你耍的什么把戏,但他懒得搭理你。你的朋友其实都是格里的朋友,他们跟你没有任何交集。你的家其实是格里的家,是用格里的钱买的。没有格里的话你根本就活不下去。还有,你认为女人年过三十变为单身是很可悲的事情。所以你只能同意格里的说法,你只能认为他的那些风流韵事是微不足道的;你告诉自己男人的本性都是不专一的,但事实上这些事情对于男人或是女人来说都一样。你的痛苦不是任何人的错,而是你自作自受——因为你是一个懦夫,你背叛了所有女性,你讨好着你的敌人,我鄙视你。"

"谢谢你能跟我说这些,我想你说得有道理。但我就是爱着格里。"

"你真是无药可救。你总是能用言语来安慰自己。我还是接着说我的故事吧。节食减肥之后我变瘦了,我花了一周的时间减掉了八磅。我对自己的成果感到满意,但其他人总是见不得我舒服。我觉得自己备受煎熬。"

节食减肥的第九天,彼得坐在厨房的餐桌旁,一边吃着从街角的薯条炸鱼餐馆买来的牛肉派和薯条,一边对他的母亲说道:"我觉得你简直是疯了。"爱丝特正在享用三盎司的白干酪,还有两汤匙的菠菜。艾伦还没有从公司回来。"为什么你就不能正常地吃点东西呢?没有人会在乎你的胖瘦。面对现实吧,你早就已经过了那个年龄。你应该扮演好母亲的角色:待人和善,心态安逸轻松,把这些无谓的烦恼抛在脑后吧!你还想要什么呢?你有一个温馨的家,一个好老公,我也没有给你添麻烦,你的生活是如此安逸。想想这世上其他女人过的日子吧,有的人要抚养七个孩子,还要面对成天酗酒的丈夫。我认为一个身处中产阶级的中年人是不应该做节食减肥这样糟糕的事情的,毕竟现在世界各地都有人因为吃不上饭而饿死,我说的一点也不夸张。"

"我的烦恼并非来自我的外在,"爱丝特说道,"而是源于我的内心。而它们可都是非常严重的问题。"

当天晚上,艾伦和爱丝特躺在已经睡了十八年的双人床上。这张床有五英尺宽。曾经的他们很幸福,睡觉的时候也只会占据床铺最中间的两英尺。但是现在,他们却分别睡在床的两边。

两个人就这样静静地躺着,眼睛盯着天花板,肚子饿得咕咕直叫。过了一会儿,他们开始交谈,这并不是他们以前的风格。

"先来一道牛肉腰子布丁，"爱丝特说道，"配菜是蘑菇和牡蛎，一定要浇上一层厚厚的肉汁，要溢出来才好。再来一道土豆泥和花椰菜奶酪，整道菜通体呈金黄色，顶层因受热而冒着泡泡，底层是绿色的根茎，这部分放的酱汁可能稀了一些，但是黄油味儿更醇厚。"

"给我来一份兔子汤，"艾伦回应道，"配上春卷和一大堆黄油。下一道菜是烤鸭，配菜是烤土豆和烤青豆。接下来上的是苹果派、奶酪和饼干。奶酪我觉得应该用布里干奶酪——黏稠程度刚好的那种，吃上一口，有种食物即将变质的微妙味道，但是感觉棒极了。你会怀疑它是不是已经变质了，不过你很清楚自己是可以放心吃掉它的。"

"我会来一份苹果派。当你掰开苹果派的皮，你就会看见里面多汁的馅儿。当然巧克力慕斯也是极好的，上面要加一些核桃碎，再配上用朗姆酒调味的鲜奶油。"

"或者加点杏仁碎，我母亲以前就经常做这个。"

"我知道。"

"我想这也许就是你从来不做给我吃的原因吧。"

"说什么傻话。咱们都知道你母亲厨艺了得，而且她把家里操持得十分整洁。每天清晨，几乎在同一时间，她会将家里每间卧室的窗户打开，让房间透透气，风将新鲜的空气吹进屋内，闻起来是那样干净、温暖——那是印度洋吹来的风，估计你都已经忘记了。而咱们家的窗户外边什么都没有，只有阴暗潮湿的黑色浓烟,这些黑烟来自这座含硫量超标的城市,而你总是喜欢站在窗户前眺望这座城市。唯一不变的是,到现在你仍然会朝着紧闭的卧室窗户皱眉头。男人很擅长对家务活儿的细节挑三拣四。女人花了一整天的精力,费尽千辛万苦,好不容易才取得一点关于家务活的成就感,而男人却不用说一个字,只需用他们最擅长的表情,就可以将女人快乐的情绪一扫而光。"

"你说出了许多男人对于家务活儿的心声,我发现你对此还真是有着相当深入的了解。在和我相遇之前你肯定经历了许多事情。或者准确地说,是在和我相遇之后。"

"没错。不过有件事情你好像忘记了,那就是你母亲拥有十二个印度奴隶,而我只有一个每天工作几小时的家政工,而且还经常帮倒忙。"

"我并没有拿你和我母亲做比较。你自己多想了。我不过是说她以前做过杏仁碎,我很喜欢吃,但现在,由于某些原因,你没有做给我吃过,仅此而已。"

"你随时都可以自己做给自己吃啊。"

"真体贴!在办公室累了一天以后,我还要回家给自己做晚餐。你怎么不叫我把地板也一块儿扫了?"

"你总是在说你上班有多累,可是你越抱怨,我就越不相信。你不过是整天坐在办公桌前,写写东西,接接电话,你觉得那叫工作吗?"

"没坐过办公室的人根本就不能体会那种紧张感,每时每刻你都需要去做决定,你都要去面对各种危机和困难。每天工作到中午的时候我就已经疲惫不堪了,回家之后更是早已筋疲力尽。"

"筋疲力尽这一点我倒是看出来了。"

"你说这话是什么意思?"

"啊,不要介意。都是因为我太胖了,太没有魅力了,不像你的那个她——她叫什么名字来着,奥黛丽?珍妮特?苏珊?对了,叫苏珊。就是那个身材苗条、充满艺术细胞的她。"

"天啊,你到底想怎样?! 咱们已经结婚快二十年了。"

"别掩饰——"

"你究竟哪根筋搭错了?"

"我觉得她应该离开你。这对我很不公平。"

"你究竟要——? 不是,我说你——"

"你只有在喝醉的时候才会说起她的事情。而清醒的时候你压根儿就不会提及她一个字。为了她,你在约束着自己的言谈举止。你知道么,现在我了解你的唯一途径就是在你喝醉的时候听你说话。"

"说的我好像是酒鬼一样。"

"也许你本来就是。不管怎么说,就是这么回事。清醒的时候你从来不说苏珊的事情。"

"我想我还是永远不要清醒的好。"

"说什么胡话。"

"在你面前,我确实不太敢说有关她的事情,这是事实。因为你的嫉妒心实在是太强了,现在的你变得有点疯癫,我想是这次节食减肥导致的。你最好还是不要再继续下去了,我没办法和这样的你一起生活。"

"但你还是会继续坚持下去,作为一个有着坚强毅力和自我约束力的人。"

"没错。"

"非常好!"爱丝特从床上坐了起来。她手臂上部的肉很松弛,但肌肤仍旧十分光滑洁白。"这样一来,我还是会继续保持这副又胖又丑的尊容,而你就可以在减肥成功之后,和你的秘书双宿双飞了。"

"你真是不可理喻。跟你讲道理真是一点儿用都没有。"

爱丝特的眼泪夺眶而出。

"你这样对我不公平!不公平!我这么胖又不是我的错!"

"那肯定也不是我的错。你不是怪我这,就是怪我那。睡觉吧,别再像个小姑娘一样了。明天早晨起床之后你就会感觉好一点了。顺便再跟你说一件事——"

"什么事?"爱丝特问道,在被艾伦这番绝对权威的发言安抚后,她想要听艾伦再多说些话。

"婚姻不是桎梏。你还记得那天晚上格里说过的话吗?嫉妒的妻子会催生不忠的丈夫。"

两个人都陷入了沉默,他们睁着双眼,小心不去碰触到对方的身体,也不去理会床垫中间那一块深深的凹陷。过了一会儿,爱丝特将手放到了艾伦的肚子上。

"艾伦?"

"睡你的觉去。"

"对不起。"

"你总是这样马后炮,为什么你要挑起争吵呢?"

"我不知道。我认为是你起的头。不过这些都不重要了,我爱你。"

"我更希望你可以把对我的爱展现出来。为什么你就不能信任我呢?你有什么好担心的。咱们之间的争吵能不能到此为止?每次你都会找出一些事情来担心个没完。我只是希望你不要再操心任何有关我秘书的事情了,我可是会生气的。"

"艾伦——"

"还要说什么?我们越早入睡,就能越快吃上明天的早餐。"

"你永远不会真正讨论一些事情,对不对?我想和你分享我身边的一切,而你却总是对所有的事情都保持沉默。假设有一天我做了对不起你的事情,你会怎么做?"

"你还真是善于忘记过去。"

"那件事不一样,再说都发生好久了。那时候我和你已经分手了,而且是出于你我自愿,所以那次不算数。回到咱们刚才的话题,一般说来,如果丈夫对其他女人产生了兴趣,妻子通常被认为应该要保持克制和沉默,不要声张,她们要换上崭新的紧身内衣,再把自己的头发梳好,用充满爱的努力耐心地将误入歧途的丈夫夺回来。现在，如果我有了情人，你会通过这种自我克制的方式将我重新夺回来吗？你会为我买玫瑰花，你会为我洗干净你的脚，你会为我剪掉你的趾甲，你会想尽一切办法取悦我吗？告诉我你会的！"

"你这说的又是什么胡话？"

"世人给丈夫立了一条规矩，但却给妻子立了另外一条。"

"那是当然的。比起丈夫需要妻子，妻子更需要丈夫。"

"你怎么能说这么令人讨厌的话。"

"这有什么，这不过是简单的事实罢了。这是构成咱们这个社会的基本结构——没有丈夫的女人会被鄙视，但没有女人的男人却受人仰慕。当然前提是这些男人不是同性恋。然而现如今，我注意到在一些女人中间兴起了一股给未婚男士贴上同志标签的趋势，她们到处散播对这些男人不利的谣言，说他们到处风流、与人私通的做法不过是一种心理上的过度补偿行为，她们向全世界宣布这些男人的性功能是不健全的。男女之间的战争已经到了白热化的阶段。"

"你还真是能说会道，言语中透着一股轻率傲慢，你知道这些都是不公平的现象。"

"当然不公平，这个世界就是不公平的。"

"我真希望自己生来是个男人。"

"你的想法都写在脸上了。"

"现在是你开始惹我生气了。男人总是会责怪女人没有女人味,但另一方面又会通过一些行为让女人的女人味保持在一个不能持久的状态。你把你的臭袜子、脏内裤扔给我来收拾。因为我是个女人,我就必须把它们捡起来洗干净。如果我不这么做,你就会说我没有女人味,不像个女人。你总是把烟掐灭在咖啡杯里,然而从咖啡杯里清理你留下的烟灰却是我的责任。我的用处就是为你服务,我要做的就是让你生活得更加舒适,你只会嘴上说着男女平等这样的话。你的理性可能知道我和你应该是平等的,但是你却并不是真的这么认为。"

"真像一个倡导妇女拥有选举权的人会说的话呢。"

"你这说的是什么话,一个男人应该用这样糟糕的词语来责备自己的妻子吗?"

"我可不想看见你投身到那些咄咄逼人的女人队伍里去。更何况那样做你也不会感到快乐,那种日子不会好过的。"

"别摆出高人一等的样子,我真讨厌你们这些男人。"

"啊哈,你终于把心里话说出来了。"

"我又没说讨厌你,我只是仇视你们这个种群。"

"那你还真不用替我操什么心,我一个人过日子也死不了。你也可以去追求你的自由生活,随时都行。"

"最近你说话的样子越来越像格里了。"

"谢谢夸奖。"

"说你像格里也并不完全是在骂你,在某些方面格里还是很有魅力的。"

"他可是一个既自负又无趣的家伙。"

"他很性感。"

"她喜欢年轻的女人,亲爱的。"

"我可没有你想的那么老,再说我也不难看。"

"我没有觉得你变老了或者变难看了,"艾伦的声音听起来有些疲惫,"你是一个结了婚的女人,孩子也长这么大了,为什么你就不能表现得成熟一点呢?你说的这些话让你看上去特别可笑。"

"我很饿,我的身体里犹如翻江倒海一般。我现在的感受和我十八岁时一样。我不知道自己想要什么,但肯定不是现在这样的生活。我不想变成现在这个自己。我不想被束缚在这具躯壳里,我不想被囚禁在这间屋子里,我不想被困在婚姻之中。"

"我真是太感谢你了,你说了这个世界上最好听的甜言蜜语。"

"算了,睡觉吧。"

"明天有清蒸鱼吃。"

"太棒了,"爱丝特说道,"生活真是充满了刺激。"

转天起床后,艾伦站到了体重秤上,他感觉昨天晚上睡得比以往都要沉。他不断调整着自己双腿的平衡,试图让体重秤上的读数显示得更低一些。在证明自己减掉了两磅体重后,他心满意足地对爱丝特说道:"有件事我忘了告诉你,如果我最近表现得比较奇怪,那是有原因的。"

爱丝特睁开双眼,竖起耳朵听着。

"上周我的版代打电话告诉我,"艾伦说道,"他挺喜欢我写的小说。他觉得能够大卖。他已经把稿子寄给了出版社,同时附上了一封强力的推荐信。很遗憾你没有读过这本书,我可是很想和你讨论讨论里面的情节的。"

"那真是太好了,"爱丝特有气无力地回应道,"这真是天大的好事!为什么你没有早一点告诉我呢?那样的话咱们就能庆祝一下了。"

"我不喜欢艾伦写的那本小说,"爱丝特对菲丽丝说道,"我一点也不喜欢它。当艾伦说他的版代喜欢那本小说时,我甚至更讨厌它了。"

"换作是我,我会觉得很骄傲的,"菲丽丝说道,"如果格里能做出写小说这样的事情,我会觉得是个奇迹。我真希望自己能嫁给一个作家。作家大部分的时间都是待在家里的,我可以学学怎么打字,这样一来在工作上我就能成为他的好帮手。"

"我压根儿就没有想要帮助艾伦的冲动,"爱丝特说道,"至少不会在打字这方面。他每次从公司回到家,吃完晚餐之后就会走进卧室,拿出打字机,接着一整晚都会待在房间里敲敲打打。为了让他能够专注于自己正在做的事情,我就会坐在一旁,放空。试想一下,如果我要是一整晚都在那里打字的话,艾伦会去做些什么?他不可能一直陪在我身旁。这就是婚姻生活中的潜规则。丈夫可以把妻子冷落在一旁去做自己的事情，但妻子决不能投身到艺术活动中去而把丈夫晾在一边，她们只能在丈夫出门的时候秘密地从事这些活动。妻子是一群不幸的人，我不会再成为谁的妻子了。"

"我觉得你应该去看看医生。有那种想法是不正常的。女人早晚会嫁给男人，成为妻子，这是自然的道理，妻子要负责照顾丈夫，因为那些男人不懂得自己照顾自己。还有，你不让艾伦写小说，这本身对他来说也是不公平的，你这么做也是不明智的。难怪他会去找别的女人。"

"你还真是乐于把复杂的事情简单化啊，菲丽丝，你对这种事总是充满着非同寻常的热情。我可没有不让他写小说，我是在鼓励他写。他做这种事情无非就是想气气我，想向我证明他是一个多么富有创造力的人，想说明是我抑制了他的天赋和他的个性。你知道我是怎么注意到这点的么？因为他每天都会狼吞虎咽般地吃完他的晚餐，假装不去在意他吃的是什么，然后走到卧室门口，手里抓着几张稿纸，对我说，'我现在要写东西了，请不要打扰我'。他用这种略带挑衅的语气跟我说话，我很快就意识到了他的这些所作所为不过是一种攻击行为。他一直在等我开口问他写的是什么，然而我并没有这么做，所以他就只好继续埋头写作，于是就这样，在他还没回过神的时候，他就写完了。所以他应该感谢我才对，但他却觉得是自己独立完成的这部作品，跟我没有半点关系，他认为事实就是如此。"

"难道你就不想知道他在写些什么吗？换作是我的话，我可能会被自己的好奇心折磨死。"

"如果他想保密的话，我为什么要问呢？"

"可怜的艾伦！你竟然这样践踏他的创造力。"

"是啊，可怜的艾伦。他自己做成过什么事呢？他只会在自己想做事的时候才会去做自己要做的事。"

"男人都是这样，不是么？"

"你还真是能把所有事情都想得跟漫画一样简单，不是么？我刚说的所有事情都发生在格里来找我之前的那个晚上。"

菲丽丝正在小心翼翼地削着苹果，听到这句话，她停住了手里的动作。

"你刚才说……格里？"

"是啊，他没告诉你吗？"

"他没提过。"

"他只是路过，顺道拜访一下。也许他认为这点小事根本不值一提。哎呀，不要摆出那种表情啦，菲丽丝。那个可怜的男人又不是你的东西。"

"我没有把他当作我的东西。我只是不想被他伤害。我真想回到小时候，回到当初认为结婚之后就会过上幸福生活的天真时代。爱丝特，我感觉有点冷。你刚才一直在说个不停，但那些话对我来说都不重要，可是现在你却突然说到了很现实的事情。把炉子点上吧。"

菲丽丝把刚刚削到一半的苹果皮扯了下来,抛到空中,没有断掉的果皮掉到地上,构成一个C字形。

"C。我想知道这指的是谁。我想知道这个世上会不会有这样一个人。你觉得我会遇到一个能给我幸福的人吗?我不介意等到我七十岁的那天。只要我能等得到。"

"男人不会给女人带来幸福的,他们只会让女人不幸。"

爱丝特蹲在煤气炉前,烤起了吐司。

"格里给过我幸福,我也曾有过一段幸福的时光。"菲丽丝说道。

"曾经幸福的那份回忆会让如今不幸的现实变得更加令人难以忍受,还不如我们从来就没有幸福过。"

"跟我说说格里的事情吧。他跟你说了什么?为什么他要去找你?究竟发生了什么事情?你让他和你上床了吗?"

爱丝特转过身来,表情严肃地盯着菲丽丝,她脸上的笑容消失了,手上的吐司就这样糊掉了。

此时此刻的布兰达正穿着睡袍躺在床上,她将双手叠起放在脑后枕着,脸上的表情看上去十分幸福,这幅情景对苏珊来说简直是一种折磨。

"你真的让他跟你上床了?"苏珊问道,"跟那样一个家伙?一个外国人?一个从酒吧里偶遇的路人?"

"没错,为什么我不能和他上床呢?为什么你会对这件事这么感兴趣呢？你还想知道什么细节吗？我不想跟你讨论那些生理上的东西。他跟英国男人没有什么区别，真的。你也没必要总是强调他是外国人。"

"我只是无法理解，你怎么能把这种事情说得如此轻松。"

"不要总觉得自己才是唯一感受过爱情的人。天晓得，也许我会和他结婚也说不定。"

苏珊看着躺在地板上的男人，他的手表是纯金的，他的衣服也很昂贵，想必是在卡尔纳比大街花了一大笔银子置办的，他的皮肤如丝绸一般光滑，平日里吃的应该都富含蛋白质。

"你根本就不知道他的名字，"苏珊说道，"或者他的收入。"

"无所谓。我觉得我恋爱了。我以前从来没有谈过恋爱。我想永远保持这份感觉。我的爱情和你的不同。我的爱情让我觉得幸福。你说我表现得像个妓女，但我却认为这是我作为一个女人很正常、很自然的天性。"

"我觉得这更像是一个男人很正常、很自然的天性。我觉得你是被当成男孩养大的。"

"我母亲倒希望我是个男孩。但我现在很庆幸自己是个女人。我感觉棒极了。"

"你之前的感觉可不是这样。你一直很焦虑，很担忧。"

"你进门之后脸上的表情看上去那么生气，搞得我觉得自己应该道个歉。我唯一能做的就是不让自己沉浸在这种恋爱的感觉中。现在我已经厌倦了伪装自己。我真的感觉棒极了。我浑身充满了力量。我觉得现在我只需要动一动我的手指,就会有一大堆男人拜倒在我的石榴裙下。你有没有过这种感觉呢?"

"有时会,但不总会。"

"现在回头想想,过去的我还真是蠢得要死。我总担心男人会不会喜欢我。但这根本就不重要,不是吗?重要的是我喜不喜欢他们。这是上天给我的启示!生活真是太精彩了!我想听听我母亲要是知道这件事后会说些什么。她一定会大发雷霆。"

"现在这个时间,她应该正和那个卖肉的屠夫一块儿躺在床上呢。郊区的寡妇可都是好色之徒。"

布兰达从床上坐了起来。

"你有什么权利说这种话。我母亲非常爱我的父亲,即使在我父亲死后也从未找过别的男人。她是一个非常善良的女人,但我父亲却对她非常不好,但现在想来也许我的母亲喜欢受虐吧。母亲含辛茹苦地把我养大,她在享受着和命运抗争的感觉,也许事实证明她并不是一个聪明的女人,但她确实是一个好女人,而且面对逆境时,她是很坚强的——每个人都是这么说的。还有,你说的那个卖肉的屠夫都八十岁了。我再跟你说一件事吧,我已经厌倦了你所谓的保护和照顾。我不觉得你对爱情有多么透彻的了解,你只是在假装你很了解罢了。对艺术家和已婚的男人来说你也许具备足够的吸引力,但这并不意味着你就懂得生活的全部。"

"就凭你和一个陌生的亚裔男子睡了一觉,也不意味着你就懂得了生活的全部。你真是太不明智了。我不认为他能跟你的家族相处融洽。"

"我不会真的嫁给他。我爱他,但我不会嫁给他,因为东方人和西方人是过不到一起的。他很可能是个穆斯林,他对女人的态度可能是我所不能接受的。"

"我很难想象当他从酒吧尾随你回家时,脑子里会想着和你结婚的事情。更何况你们两人身体结合的时间最多也不会超过十五分钟。"

"什么事从你嘴里说出来就会变得很下流。等他醒过来之后咱们走着瞧。我觉得你和威廉之间的关系才下流,你把一个男人从他怀孕的妻子那里夺了过来。你和艾伦的关系也很下流。因为一个人会写小说就喜欢上了这个人!我现在懒得跟你置气,因为我太开心了。你一直在说让人恶心的话,不过是因为你嫉妒我。因为我有了追求幸福的能力,而你却没有。我自由了。以前的我认为自己会嫁给一个银行职员,抑或是嫁给一位医生或者一名律师,然后生养几个孩子,成为家庭主妇,但现在的我发现自己不用去做这些事了。我这辈子都不会结婚的。"

"你会结婚的。"

"为什么?"

"因为孩子,你想要自己的孩子。"

"生孩子没有必要非得结婚啊。"

"你会变老变丑,到那时你就会想要嫁人了。"

"你不是也不打算结婚吗,为什么我就必须得结婚?"

"因为你的内心住着一个郊区女孩的灵魂,你向往的是那种平淡呆板的郊区生活。"

"才不是那样。我不是刚刚和这个男人上床了么。在郊区生活的人会做出这种事情吗?"

"会啊。"

"天啊,"布兰达体内的幸福因子看上去已经消耗殆尽,"你说得不对,说得不对。"她小声地说道。她把头埋进枕头里,哭了起来。

"现在又怎么了?"苏珊问道。

"我现在脑子里只剩下不安了。我也不知道自己到底怎么了。现在热水还够不够,我要洗个澡。"

"应该还够。"

"就算洗了澡也不会有什么改变。我现在还是感觉很难受,很糟糕。"

"那是负罪感在作祟。"

"负罪感? 我为什么要有负罪感?"布兰达问道,她停止了哭泣。

"因为你还没有结婚,你并不爱他,你不想怀上他的孩子。"

"你在跟别的男人上床时,为了让自己没有负罪感,难道要抱着想要怀上这个男人孩子的决心吗?"

"是的。"

"你不想怀上艾伦的孩子,对吗?"

"天啊,当然不想。"

"那你为什么和他上床?"

"所以我不喜欢跟艾伦上床。我对他在床上的表现没有兴趣,我只是喜欢他富有创造性的灵魂。"

布兰达翻身下了床,跪在床边开始祈祷。

"你现在又在干什么?"

"我在祈祷。"

"天啊,向谁祈祷?"

"我不知道,谁都行。"

"那你在祈祷些什么呢?"

"我只是在说:'上天啊,我们怎样做才能被救赎?'"

"你是应该问问老天爷了。我要走了,你自己在这里慢慢祈祷吧。"

"请不要走。请不要在那个男人走之前离开。如果我闭上眼睛,你能不能把他叫醒,让他离开这里?这样一来当我睁开眼睛的时候,他就不会出现在我的视线里了。"

"你是在跟我说话还是在跟上帝说话?"

"你。"

苏珊走到熟睡的男人身旁,狠狠地踢了他一脚。男人哼了一声,翻了个身,但是却没有醒来,他已经醉得不省人事了。

爱丝特把烤煳的吐司扔到了水池里。她用厌恶的眼神看着池子里黑色的碎屑,接着打开水龙头冲走了它们。

"我其实并不是在吃东西,"爱丝特说道,"而是在清理这些食物。我在试图清理着自己周围的烂摊子,就像一只猫在生完小猫之后要进行清洁一样。有时候那些猫还会误食掉它们的孩子。"

"你说的事情太吓人了,"菲丽丝拿出随身携带的粉饼盒,开始打量起自己的脸,"人可不是动物。我觉得你说这些话就是为了吓唬我。不过我可没那么容易被吓倒。"

"此时此刻,你觉得格里会在哪儿?"

"我不知道。"

"为什么你不正面回答我的问题?"

"因为这不是一个值得回答的问题。"

"那你想象一下格里现在正在做什么吧。你的脑海中会浮现出怎样的画面呢?我知道你看到了什么。你看见他正和一个女人躺在床上。你不知道那个女人长什么样子,但你知道那个女人不是你。也许她看起来像我?那个女人在你脑海中的形象是模糊的,格里同样也只有一个模糊的影子,对不对?你不认为自己的丈夫能够独立于你而存在。我只会吃掉食物,但你会吃掉格里,这样一来你就能将他牢牢掌控在你的手里。这是多么可怕的事情啊。"

"你究竟在说些什么?!我可不认为格里现在正和别的女人在一起。还有什么把他吃掉,简直胡说八道!你把我当成什么了？食人怪吗？"

"你现在就被我吓倒了,不是吗？事情的真相总是令人震惊的。"

"你真是疯了。格里来找你的时候到底发生了什么？"

"发生了什么？发生了什么呢？你是指性爱这方面吗？只有两个人上床你才会觉得是发生了什么。难怪你会这么害怕衰老了。但再怎么把自己伪装成一个十五岁的孩子,也不能延缓你脊椎弯曲收缩的脚步,更不能阻止你牙齿掉光的结局。"

"到底发生了什么事?!我开始怀疑你有事情瞒着我了。"

"开始怀疑？你一直都在怀疑好吧。当我说格里来找我的时候,你就已经满脑子胡思乱想了。实话告诉你吧,按照你对'发生了什么'的定义来说,什么事情都没有发生。"

"对不起,我太傻了。还不都是因为他那么喜欢你。我不知道这是为什么。如果我稍微胖了一点,他就会对我发飙,但他却喜欢你这个样子。"

"他以路过为借口来找我,是为了转告我一件事:他目睹了艾伦和苏珊在苏活区共进午餐这件事,他用佯装说她坏话的方式,向我描述了那位苏珊有多么年轻、多么漂亮、多么苗条,还有多么聪明。"

"为什么他要那么做？"

"你是怎么认为的呢？"

"他太坏了！因为他觊觎着你的身体,他觉得告诉你艾伦出轨的事情之后,你就会以其人之道,还治其人之身,也用出轨来报复他。"

"也许你猜错了。他告诉我这件事的动机也许相当单纯。也许他就是恰好路过我家。也许他确实认为我知道艾伦和苏珊一起吃午餐的事。也许他脑子里压根儿就没有任何期待。你说的那种可能性也许只存在于咱们的想象之中,而非格里的真实想法。有一点我们要保持谨慎,那就是:不能因为男人是女人的敌人,咱们就不去相信天底下所有的男人。"

"你都把我弄糊涂了。我知道格里想要得到你的身体,但我不认为男人是我的敌人。我喜欢男人。"

"我也喜欢男人。但我认为,除了他们能帮得上忙的一些事情以外,女人没有必要在其他事情上和男人有半点瓜葛。女人也不应该试图效仿男人。我希望你不要再穿裤子了,菲丽丝。"

"可我喜欢穿裤子。"

"女人应该在最大程度上区别于男人。你应该穿条裙子,这是原则问题。不同的性别之间必须存在明确的界限。男人和女人只有在生孩子时才会结合在一起。任何一个想要在男人的世界里寻求认同感的女人都是愚蠢可笑的。男人的世界里充满了愚蠢和幻想,还有自我放纵,这是一个不值得追求的世界。我们女人必须创造自己的世界。我会借你一条裙子的,菲丽丝。"

菲丽丝不由自主地打了个冷战。

"我们正在说你丈夫的事,"爱丝特说道,"都是因为他的缘故,你现在才过得如此凄凉。我不会可怜你的,你当初嫁给他时,就应该做好了要过这种凄惨日子的准备。我来告诉你那天发生了什么吧:你的丈夫跑来找我,用言语挑逗我,他挑逗了一个体重比他胖十四英石,年龄比他大五岁的女人。现在,请问,为什么他要做那种事情呢?"

"那你做了什么?爱丝特!"可怜的菲丽丝用颤抖的声音嚷道。

"我吗?"爱丝特说道,"你觉得一个像我这样的女人,面对一个像他那样的男人挑逗时,会做些什么呢?格里对我说:'我喜欢能让我全身心投入的女人,我会死死咬住她们的身体不放。'然后我回答:'我可不想在自己的身上留下一排牙印。'你不认为我的回答很机智吗?"

"你真是疯了。"菲丽丝说道。她站了起来,手里转动着她的结婚戒指,她的眼睛里泛着泪光,一副明显快要哭出来的样子。"你不应该告诉我这些,你不应该跟我说我丈夫的事情。可怜可怜我吧,不要再折磨我了,告诉我到底发生了什么。你这么聪明,而我这么愚蠢——虽然这不能怨我吧——求求你,请告诉我到底发生了什么!"

"我已经告诉你了啊,没有发生什么值得一提的事情。"

"什么事情在你看来才叫'值得一提'?据我对你的了解,你可以和首相上床,然后跟我说这件事'不值一提'。"

"好吧,不过你是了解格里的。咱们正在谈论的是他,不是吗?"

菲丽丝哭了起来。睫毛膏顺着她的脸颊流了下来。

"不要这么歇斯底里的,"爱丝特说道,"是你要听我说这些事儿的。如果你听完之后发现自己其实并不想知道这些,也不能怪我啊。"

"那你就告诉我究竟发生了什么吧,爱丝特,我不会怪你的。"

"格里和我没有做爱,"爱丝特说道,她交叉着手指,菲丽丝看见了。"在那天晚上。"为了保险起见,爱丝特又加上了时间。"冷静一下吧,菲丽丝。为什么你要担心这些事情呢?一个月前我和格里之间发生的事情,会给现在的我和你带来什么不同的结果吗?我想说的重点是你的丈夫想要让我不安,而结果显而易见——他成功了。"

"你满脑子想的都是你自己。"

"你可以用刚才说的那句话来指责任何人。我希望你不要再去想这些琐碎的问题了,菲丽丝。你必须学会看窗外的风景。格里的不忠成为了你安放自己焦虑情绪的挂钩。你最好还是去当个农妇吧,每天的工作就是耕耕田、种种地,努力让一家人远离饥饿。女人一旦有了思考的闲暇,她的境况就会立刻变得十分凄惨。现在,是时候去做一些更有意义的事情了,菲丽丝。"

"但你是因艾伦的不忠才离开他的。"

"你又把事情极大地简单化了。"

"好吧,你离开他的原因不单单是因为他让你节食减肥。"

"他没有让我节食减肥。是我们决定一起节食减肥。他故意想要剥夺我吃东西的权利。而我也是有意想要剥夺他同样的权利。我们的婚姻实际上是在两个人共同的努力下才招致破灭。对于节食减肥这件事,我可不像艾伦那么上心。如果时间可以重来的话,我应该会撤回自己当初的决定。在节食减肥的过程中为了让两个人和平共处,我做了很多努力。我想用黄油给他做煎蛋卷,但他却将这个善举视为敌对行为。早在那个时候,他就已经决定要和我分开了。"

"我不是很明白。"

"明天我再给你解释吧。不要再担心我和格里之间的事了,没有任何意义。你今天一直在惹我生气,所以我才会故意说那些话气你,仅此而已,不要多想。好了,我很累了,我要上床睡觉了。你现在必须回家了,菲丽丝,如果你还想给格里一点教训的话,你可以继续到大街上去转悠转悠。万一他真是在办公室里加班到很晚呢?谁也说不准。总得有人去赚钱吧。"

"那我明天傍晚再来看你,"菲丽丝说道,她的声音显得有些落寞,"你需要我,你现在正在经历人生中的重大危机时刻。"

说完这些,菲丽丝便离开了爱丝特的公寓,她摸着黑,顺着破旧的楼梯来到大街上,叫了一辆出租车,回到了家中。格里还没有回家。她吃了四片安眠药,然后就失去了知觉。

2

  其他人睡得也都很不踏实。凌晨四点钟左右,爱丝特觉得非常恶心。她起身来到卫生间,在洗手盆里呕吐起来:一大股没有消化的食物顺着她的口腔向外倾泻而出,她能品尝出那些食物的不同味道。汤、吐司、咖喱、蛋糕、坚果、鸡蛋、炸鱼条、黄油、果酱、豆子,还有蛋糕——爱丝特整个晚上摄入的所有食物就这样随着间歇性的呕吐重新展现在她眼前。她没有想到自己的胃里竟然能盛下这么多东西。在把胃里剩余的最后一点坚果吐出来之后,她筋疲力尽地挪向自己的床,在路过镜子时她瞥见了自己的裸体,她停下脚步,盯着自己身上层层叠叠的脂肪,这些脂肪仿佛一件沙丽披在她身上。她回到床上,盖上毯子——她并没有铺床单——在入睡前,她思考着自己是不是做得有些过火了。她本没有打算让这一切发生,就像将垃圾桶点燃的小孩,他原本只是想引起其他人的注意,结果却只能眼睁睁地看着自己的整个家被烧毁。

苏珊大约是在凌晨两点钟左右醒了过来,她感到很害怕。她觉得屋里好像有什么人在。但当她意识到屋里其实并没有人时,一股愤怒的情感却油然而生。她显然是被某人抛弃了。可究竟又是谁抛弃了她呢?她想不起来。她仰卧在床上,发现自己呼吸困难。她开始胡思乱想,觉得自己是不是怀孕了,她用手摸了摸自己的下腹部,发现跟原来一样平坦,但即使如此,她也没有感到丝毫的宽慰。她仍然感觉自己的乳房下面压着一块巨石。这块石头还在翻来覆去地动个不停,让苏珊感觉想要呕吐。威廉曾经把他妻子怀孕时的感觉写进一首诗里,并在和苏珊做爱结束后大声念给她听过,那种移山倒海的感觉让苏珊印象十分深刻。现在,在一片黑暗之中,苏珊焦虑地转动着她的眼球——她想要看看自己脑子里究竟在想些什么,但是她却感到一阵眩晕。她怀孕了。有什么事情不对劲。她并没有把自己现在的处境归咎于其他男人——事情就是这样发生了。或许是别的女人像传染疾病一样把怀孕传给了她。这个女人也许就是威廉的妻子,威廉则是导致她感染的触媒。苏珊打开灯,从床上坐了起来,现在她的感觉好了一些。"我是苏珊·皮尔斯,"她对自己说道,"万事皆可控制,万物尽在掌握。没有什么东西能吓倒我。我没有怀孕。"随着理智的回归,苏珊觉得自己又活了过来。她在想,也许女人天生就是群居性动物,灵魂深处的共鸣让不同的个体紧密地联结在一起。怀孕的感觉是如此真实,她也只是刚刚才回过神来发觉这是其他人身上的事情。苏珊对女人这个群体表示深深的同情,但她觉得光是一味同情的话会走向另一个极端,她必须反抗自己的命运。

布兰达正睡在隔壁房间的沙发上,她的睡姿很性感。她正梦见自己在草地上野餐,身边围绕着一群衣着华丽、举止优雅的女士,以及头戴假发、英俊潇洒的绅士,清澈的泉水从旁边的喷泉射出,发出叮当的声响。喷泉的底下,一条鱼正在水里游荡,它的脸长得跟布兰达的母亲一模一样。布兰达此时正躺在草地上,周围的土地随着她四肢的形状不断调整。她醒了过来,似乎不太记得自己身在何处,还有自己是谁。过了一会儿,她打开灯,起身离开沙发,光着脚站在地上,眨着眼睛,她穿着一件格子睡袍,领口处有一圈荷叶边。刺眼的灯光惊醒了睡在地板上的男人,他挣扎着爬了起来。布兰达似乎还没有搞清楚昨天晚上究竟发生了什么事情,但她的身体却出于本能向那个男人走去,她似乎是想继续表现出温柔的一面。但是男人却从口袋里翻出两英镑钞票,递给了布兰达,接着礼貌地鞠了一躬,离开了。看到他走后,布兰达去浴室洗了个澡。她觉得自己受到了极大的羞辱,眼泪甚至都流不出来。

第二天早上,所有人都恢复了原本的姿态。菲丽丝精心地画好自己面部的妆容,小心翼翼地让面部表情不露责备,接着为格里准备好早餐。格里尽情地享用着早餐,他在出门前吻了菲丽丝,这让她有些受宠若惊。爱丝特给自己准备了一份丰盛的早餐:她先是把粥从罐头里倒了出来,然后将炼乳还有已经用黄油调味好的腌鱼从塑料袋里拿出,接着打开三个标注有"初级培根鸡蛋早餐"字样的亨氏罐头,接下来又拿出吐司、黄油、蛋黄酱,还有咖啡等食物,她要用这些吃的东西给自己补充补充营养,以缓解身体上的不适。然而吃完之后她又开始感觉不舒服了。苏珊只吃了一个苹果,喝了一点牛奶,便又拿起她的画笔开始作画。布兰达则是一觉睡到了十一点钟,她起床之后责怪苏珊为什么没有及时叫她起来上班,她在一个公关公司做接待员。

"不好意思,"苏珊说道,"我还以为你已经转职为应召女郎了,我以为你要把原来的工作辞掉。"

布兰达狠狠地甩上门,离开了公寓,她没有吃早餐。

众人早上的情况虽各有差异,但出奇一致的是,她们那天上午都出门去拜访了其他人。

爱丝特去看了医生,菲丽丝去探望了艾伦,苏珊去找了彼得,而布兰达则是打电话给她的母亲,两人一起共进了午餐。

爱丝特来到医院,发现她的妇科主治医生身上发生了翻天覆地的变化。坐在她面前的不再是记忆里那位头发灰白、受人尊敬的英国医生。眼前的这个男人有着一身古铜色肌肤,浑身充满活力,臀部曲线苗条,留着平头,穿着一件花衬衫。原来摆放在墙上的那一排排医学书籍也不见了,取而代之的是一幅幅布满污点的绘画作品。

"你变得我都认不出来了。"爱丝特说道。

"人要学会与时俱进，爱丝特。"他说道，"伦敦城现如今正处在一个全面开放和大力改革的时期。那些身穿迷你裙的女人在生孩子时发出的都是喜悦的叫声，而不是痛苦的哀号。而医生——尤其是那些不在国家公立医疗系统里的医生——现在也必须学会用笑容来面对病人，而不是挂着一脸同情的样子。现代医学已经认识到诱发疾病的原因在患者自身。医生必须对病人狠一点。简单粗暴的治疗方法正在流行起来，而且很赚钱。**埃瑞璜国**①已经来到我们中间。病人得去监狱，罪犯却被送进医院。我能为你做些什么呢？事先提醒你一句，我名下许多上了年纪的患者已经自行转院到别处了。"

"昨天晚上我感觉很不舒服，"爱斯特说道，"我生病了。也许你应该把我身体里那些没用的器官都摘掉。"

"把什么都摘掉？"

"你知道的。我指的是自己身体里那些早就不再使用的器官。随着年龄的增长，我觉得它们已经开始腐败变烂了，它们释放出来的有毒物质正在损害着我的健康。除此之外，我想不出还有什么别的原因能造成我长期的身体不适。"

---

① 即 Erewhon，英国作家塞缪尔·巴特勒以此为名的小说中虚构的国家，作者意指 nowhere（乌有之乡），该书讽刺了维多利亚时期包括刑事处罚在内的不同方面。此处下文中提及的"病人得去监狱，罪犯却被关进医院"即为书中情节。

"导致你身体不适的原因在于你自己。最近你有没有照过镜子?"

"有,昨天晚上。"

"那我就知道你为什么会来看医生了。你想要摘掉的是你犯下的罪恶,而不是你的生殖器官。"

"我犯下的罪恶?"

"上天赐予你这副身躯,你却如此挥霍。不好意思,纠正一下,"他说道,"赐予你这副身躯的是你的父母,而不是上天。你也不可能喜欢自己胖成这副德行。"

"比起饿肚子,我宁愿自己这样胖。我来这儿可不是为了和你讨论我的身材,我觉得自己身体下面很不舒服,我总是很难受。"

"你把我搞得也很难受。"说完之后他笑了笑,似乎对他自己的所作所为很满意。爱丝特觉得这个男人似乎用放纵自己粗鲁行径的方式实现了自己一生的志向,她开始有些同情对方了。"你应该减减肥了,否则我丝毫不会在意你的死活,我既不会在意你的生殖器官会出什么问题,也不会在意你的生活会有什么困难。"

"我也要告诉你一件事,"爱丝特说道,"我也丝毫不在意自己的死活。我只是不想自己的后半辈子都生活在恶心反胃之中。你是不是建议我也转去其他医院?"

"我亲爱的爱丝特,"他说道,"你可以转到任何医院去。但是无论你走到哪里,这些问题都会跟到哪里。我只是想向你指出:

你是在用放纵自己变胖的方式故意让事态变得更加恶化,据我对你的了解,你总是在做着这样的事情。曾经的你是一个非常漂亮的女孩,现如今你的美丽已经被掩盖在了一堆赘肉之下。"

"人生只有一次。我选择在肥胖的状态下过我的生活,仅此而已。更何况现在说这些也太迟了。"

"我很了解你身体的内在结构,爱丝特,但是我却摸不透是什么原因导致了你精神上的不满。纠正一下,是神经性的功能失调。"

"这个世上就是有那么一些人,他们压根儿就不应该被生出来,我就是其中之一。"

"你又在说什么蠢话。"

"我对此深信不疑。我压根儿就不应该被生下来。我应该永远活在我母亲的子宫里,那里的一切都处在黑暗之中,没有时间的概念,也没有维度的概念,没有人能看见我,也不会对我指指点点。但是我的母亲,那个该死的女人,却毁了这份美好的生活。她强迫我来到这个世界,我发现原谅她对我做的这一切很难,所以在她生我的时候,我让她难产了。生活应该朝着好的方向发展,但事实却并非如此,这就是导致我不满的根源。从那时候开始,我第一次发现自己生活在这样一个冷漠危险的世界,周围的一切都在朝着不好的方向发展。当我说自己不应该被生下来这句话时,不要反驳我。时间过得真是太快了。快得让我害怕。时间曾经见证了我的成长。但如今,它却变成了我走向衰老的信号。"

"如果你害怕长皱纹的话,我认识一个非常优秀的外科整容医生,他可以去掉你的皱纹。有眼袋的地方也能恢复紧致。你会变得和以前大不相同。女人想要看上去更加年轻、更有魅力没有什么好丢脸的。你为什么不试试呢?"

"我来你这儿是为了治我的病,不是为了整容。我才不在意自己长成什么样子。"

"我已经告诉过你应该怎么做了。不要再摧残自己了。"

"你会为这次咨询收费么?"

"肯定会。"

"但你压根儿什么都没做。"

"我的时间很宝贵,病人都在排着长队等候我的诊断,当我还是一个传统的执业医师时,这种事情可是从来没有发生过的——话说回来,我可是在忍受着你的抱怨哟。"

"我可以向我的朋友抱怨,而且是免费的。"

"是啊,没错。你大可以向弗瑞泽夫人去抱怨。我和她在晚餐时见了一面。我问她你现在怎么样了。她回答说:'很胖,话也很多。'对了,她的乳房怎么样?"

"乳房?"

"我以为她告诉你了。她考虑了很多方面的因素,最后还是决定进行整容手术。这使得她恢复了往日的坚挺。"

"我不知道她有什么地方需要恢复坚挺的。"

"那就不是我应该说的事情了。"

"她要么是给鼻子做了整形,要么就是给脸做了拉皮,"爱丝特说道,"或者是隆了个胸,扎了个耳洞——为什么女人要做这些事情。"

"我想是为了取悦男人吧。如果是演艺界的女人,那么她们这么做就是为了取悦所有的男人,如果是被丈夫忽视的妻子,那么她们这么做就是为了取悦自己的丈夫。"

"这种猎艳行为还真是可耻。比狩猎狐狸还差劲。无论是做整容手术的医生,还是沉迷于整容的女人,他们连最起码的尊严都没有。"

"死守着尊严的时代已经过去了——看看我现在的样子!我现在穿的裤子非常紧,我连坐下来都很费劲,而且明天我就要飞去巴哈马群岛度假了。如果男人喜欢他们的妻子有大大的乳房,他们的妻子也因此去做了隆胸手术,那么人类整体的幸福感就会提升,不是吗?"

"生理上的快感也许会提升,但是幸福感,不会。"

"不要再骗自己了,这两个东西是一样的。"

"格里·弗瑞泽确实喜欢丰满的女人,"爱丝特说道,"至少他对其他人都是这么说的。我想知道他为什么会娶像菲丽丝那样的瘦女人。"

"他对女人的品味会随着他自身的变化而改变。现在他自己变胖了,他不希望听到其他人对他的批评,他也不希望别人把他跟他的妻子做比较。"

"你还真是一语切中要害,"爱丝特说道,"虽然你的解释不怎么高明吧。你以前可从来没这么聪明。"

"因为这样做能让我赚更多的钱。还有,你有没有发现不孕不育其实是一种精神上的病态,而不是生理上的?"

"这个世上不会再有什么事情能让我震惊了,"爱丝特说道,"除了医生以外。"

"肥胖的人往往会变得更具攻击性。"他回应道。爱丝特真希望自己从来没有离开过她的地下室。

菲丽丝打电话给艾伦的公司,被告知艾伦今天因为流感而卧床在家。她决定去家里探望他,现在的她就坐在艾伦的床边。

"哦,艾伦,可怜的小宝贝,"菲丽丝说道,"我必须来探望探望你。不能让你独自一人,没有人照顾。告诉我,有什么我能做的吗?"

"你可以让我一个人静一静吗?"艾伦说道,不过他还是很感激菲丽丝能来看他。

"你和爱丝特,你们两个人就像一对脾气暴躁的野猪。离开彼此以后你们都无法继续生活。"

"你见过爱丝特了?"

"是的。昨天见的。我还得谢谢你呢,没有告诉我她住在哪里,让我费了半天劲。你想对她做什么呢?她现在遇到了麻烦,她需要所有能够得到的帮助。你就不关心她过得怎么样吗?"

"不关心。"

"你也就是嘴上说说罢了。你们两个人都结婚这么长时间了,你当然会关心她。"

"关心也许只是一种习惯,但并不是什么好习惯。"

"你现在表现得很不友好,艾伦。爱丝特被伤得很深,她现在心里也充满了不安。如果格里和他的秘书有婚外情的话,我也会感觉很糟糕的。"

艾伦扬起眉毛看着她。

"婚姻生活会给人带来非常严重的伤害,这一点我是清楚的,"菲丽丝用很小的声音说道,"至少我就是这样,但是你和爱丝特没有吵架的理由。我知道你认为我有些神经质,有些烦人,但我是打心底里希望你们两个人能重归于好。我很羡慕爱丝特。她有着我身上没有的东西。她很聪明,很成熟。看到她现在那个样子,我的心都碎了。"

"我相信你的好意。很抱歉我刚才表现得有些粗鲁。最近我的麻烦事有些多。不说其他的,光是工作上的事情就让我觉得烦透了,彼得最近也老是惹我生气,真是令人不敢相信。他根本就不知道怎么认真地对待生活:他是一个轻佻的浪子。这一切都是爱丝特的错。她把彼得教育成了那样一个愤世嫉俗的家伙。无论看向何处,我都找不到点亮我生活的东西。"

"你还有你写的小说啊。这是一个非常棒的爱好。我希望格里也能像你一样聪明。"

"是啊,没错。"艾伦用极度悲伤的语气说道,"那本小说。"他把头深深躺进了枕头里,好像突然之间身体变得非常虚弱。"你说得没错,那是爱好,我也只能把它当成一个爱好了。我曾经以为我写完的那部作品会像天空中突然出现的光束一样,照亮我的整个人生,让我的生活充满意义,我怎么会有那么奇怪的想法呢。我的写作和集邮还有养鸽子没有什么区别,都是爱好罢了。实话跟你说吧,围绕那本小说而发生的一系列事情里面有不少误会。我的版代错把别人的稿子看成了我的,他喜欢读的那本小说是一个住在艾克勒斯的女士写的。他并不喜欢我写的那本小说。书里的内容让他觉得害怕。他说那本小说读起来很冷酷,很残忍,很不合时宜,甚至还有些色情。但是我自己却认为那本书读起来很温暖,很友好。一个人对自己的了解真是太少了。菲丽丝啊,除了这些事情以外,生活里一定还有其他的事情可以做,对不对?"

菲丽丝被这个问题吓了一跳,"艾伦,我不知道你在抱怨什么。你的屋子这么漂亮,你的妻子这么睿智,厨艺也十分了得,你的儿子既英俊又聪明,你干着一份体面的工作,赚着足够的金钱,为什么突然之间你要破坏这一切呢?为什么你要和一个初出茅庐的小丫头搞在一起呢?她看上去傻乎乎的,就知道喜欢作家。"

"这句话是谁说的?"

"爱丝特。"

"她压根儿就什么都不知道。"艾伦有些生气地说道。

"但你做的事情搅得所有人都不得安宁,不是吗?你应该珍惜你所拥有的一切,而不是脑子一热就去和别的女人鬼混在一起。你怎么能做出这么幼稚的行为。只有格里才会做这种事情,只不过他不是脑子一热才去做,而是一向如此。我能看得出来你因为自己的小说没被欣赏而感到难过,但人们并不总是具备欣赏优秀事物的能力,不是吗?你现在的当务之急就是去找爱丝特,请她回家。这样一来你们两个人的生活就能恢复往日的平静。"

"为什么我要去叫她回来?她根本就不想待在这个家里,否则她就不会离开了。"

"她是你的妻子。"

"你对称谓有着谜一般的信仰,菲丽丝。值得表扬。可是家已经破裂了。彼得已经离开了这个家。平日里他会和那个叫黛芬妮的短头发女孩子住在一起。他是一个没有责任感的家伙,甚至还指望我给他付房租。每个周末他会回到这里来做他的功课,有一次,在他掏钢笔时,几包避孕药掉了出来,让我看到了。这是他用零花钱从自动售货机里买的。"

"这可不是没有责任感的表现。这是负责任的表现啊。他现在已经是个大男孩了。他已经成熟了。他都已经十八岁了。虽然现在还在上学,但这也不能怨他。我想他这么做只是想气气你罢了。"

"也许他压根儿就不是我亲生的。谁知道呢？我在他那个年纪时完全不是那个鬼样子。我只是幻想过这么做，但从来没做过。"

"你又在说胡话了。"

"我可没有胡说八道。你根本就不了解情况。爱丝特曾经疯过一次。她剪掉了自己的头发，除了苹果以外什么都不吃，还跑到大街上整天不回来。"

"我不相信你说的话。"

"好吧，准确来说她并不是跑到大街上，而是一群男人找上门来，在她的公寓里进进出出，好像她的家是人行道一样，而爱丝特就沉醉在这种淫秽的生活里，和每个人都乱搞一通。"

"别说这些不堪入耳的话。"

"不好意思。不管怎样，当她冷静下来之后，我还是重新接受了她。从那以后，无论她做什么事情我都不会感到惊讶了。我不知道为什么她会表现得如此激动？就因为我喜欢跟自己的秘书聊天吗？为什么她要如此强烈地怨恨我？就因为我想要和其他女人建立一种有益的、良好的关系吗？她简直不可理喻。"

"你说你们之间的关系是柏拉图式的，但爱丝特可不这么认为。"

"我没有说过它是柏拉图式的。但那不是重点。爱丝特不过是想要自由的生活罢了。上一次当她累了的时候，是我再次接受了她，让她回到了我的身边。我本以为她会知恩图报，不会让我像现在这样,孤苦伶仃地因流感而死。我再跟你说件事吧。苏珊很欣赏我。而爱丝特这辈子都没有欣赏过我。爱丝特没有欣赏男人的能力和眼光。"

"她在地下室生活得很不开心,现在的她可是随时会看上其他男人的。"菲丽丝摘掉了头上戴着的那顶小花纹帽,松了松自己的卷发,"而且我敢肯定地说,她是很欣赏你的,艾伦。这个世界上怎么会有不欣赏你的人呢?你充满智慧,长得又如此英俊。你有着一张棱角分明的脸和一双深邃的眼睛,我想任何一个女人都会迷失在你的眼神中。而且,你的掌控能力很强。我很欣赏男人的这一点。"

"我不相信你说的话,"艾伦说道,"为什么你那么想让爱丝特回到我的身边?是因为格里吗?"

菲丽丝看上去像是被吓了一跳,她慌张得不知道怎么回答。

"我不知道她和格里之间发生了什么事,请注意。"艾伦继续说道,"我想除非格里脑子不正常才会做那种事。为什么他就不能和你幸福地生活在一起呢?你身上女人味十足。我觉得你可能是这个世界上最后一个有着这种气质的女人了。你要原谅我的无礼。我感觉非常虚弱。我已经虚弱很长一段时间了。一开始是因为没有吃的东西,后来是因为色字当头,再后来就是那本小说的事情,再后来是爱丝特歇斯底里的行为,再后来是苏珊神经质,而现在让我虚弱的根源又变成了流感。真是福无双至,祸不单行,但这祸事是不是有点太多了。周围的一切仿佛在一瞬间突然全都失去了控制,菲丽丝,我现在非常虚弱,而你还在利用我。"

"艾伦,格里和爱丝特之间到底发生了什么?"

"这才是你来探望我的原因。你来看我并不是因为我生病了,也不是因为你喜欢我,而是为了从我嘴里知道点什么。我早就应该察觉到这一点。发生了什么如何,没发生什么又如何,有什么分别吗?格里和爱丝特,或者格里和其他女人。这些事情在格里看来都是无足轻重的事情,不过是一个身体接着另一个身体。这些在格里看来没有什么区别。"

"因为爱丝特是我的朋友。"

"那你们还真是好朋友啊。她都出卖你无数次了,就像她出卖我一样。为什么你要一直忍受格里的所作所为?外面很冷的,菲丽丝,上床来吧。"

菲丽丝脱下身上穿的那件印有花纹的少女罩衫,站到床边,她身上只剩下一双蕾丝丝袜,一件红色胸罩,还有一条红色吊袜腰带。在探望艾伦之前,她在家里换上了自己最好的内衣。艾伦的眼睛闪烁着光芒,他的眉毛显得异常兴奋,他躺在枕头上,欣赏着眼前的这一幕。

"大家都在做着这种事情,"菲丽丝有些悲哀地说道,"为什么我不能这么做呢?"

"你说得没错,"艾伦说道,"我也是这样认为的。"菲丽丝脱掉剩下的衣服,爬上床,一动不动地躺着,身体有些发抖。

"你现在很冷吧,"艾伦说道,"遇到像你这样的女人,真让我感到精神振奋。"

"你真温暖,"菲丽丝说道,"我希望现在的自己看上去不会显得太可悲。为什么格里总是能从和其他女人上床这种事情中感到快乐?如果你对一个人没有好感,即使在床上也毫无乐趣可言,不是吗?至少书上是这么说的。也许他只是在勉强自己去喜欢其他人吧。我这辈子还从来没有和格里以外的人上过床,我也不明白这一切到底是怎么发生的。我是一个性冷淡的女人,你知道的。也有可能是因为我从来没有遇到真正对的人吧。如果我能给你安慰的话,那么不要和我客气,来吧。"菲丽丝补充道,她的身体变得比刚才更加僵硬了。

"求你了,试着对我亲昵些,"艾伦呻吟道,"总得有人这样做。"

菲丽丝尝试了一下,她确实感觉到了一丝愉悦。

"你刚才说我女人味十足。你说这话是想要表达什么意思呢?"

"你性格温柔,心地善良,身材苗条,长相漂亮,衣着干净整洁,就像洋娃娃一样。你在默默承受着很多事情。但其实你根本没必要让自己变成谁,你只需要做好自己就可以了。你有着一双美丽精致的眼睛,它们从不去关注那些不应该关注的东西。你不会耍多余的小聪明,你也从来不会发表具有破坏性的言语。当初我真该娶你为妻。"

菲丽丝开始感到十分愉悦。

"我觉得现在的我可以带给你幸福。"艾伦说道,菲丽丝沉浸在这份愉悦的感觉之中,她转过身来面对着艾伦,艾伦抱起了她,或者说是抓紧了她,仿佛自己是一个正在溺水的人,而面前的这个女人是他能够抓到的救命稻草。菲丽丝闭上了眼睛,假装面前的这个男人是格里。只要她心里想让自己这么认为的话,其实格里和艾伦之间并没有什么区别。不管怎样,菲丽丝都很乐意成为这个男人获取快感的工具,她心里也感激于艾伦的那番溢美之词。但就在这时,一个可怕的想法钻进了她的脑子里。

"你刚才没有明确地告诉我格里跟爱丝特有没有上床。"

"是啊,我也不认为自己告诉你了。"

"那他们到底有没有上床?"

"我不知道,我也不在乎。你呢?"

"你刚才一直在引导我,让我相信他们上了床。我觉得你设计了一个陷阱,来引诱我跟你上床。"

艾伦想了想,"有可能吧。"

"你真卑鄙,"菲丽丝挣脱着离开艾伦,不让自己的身体再触碰到他,但刚一抽身,她的心头又涌起一股失落感。她希望艾伦能够向她靠近一些,然而他并没有这么做。

"我觉得你也很卑鄙,你和我做爱就是为了报复你的丈夫。"

"这并不是报复,"菲丽丝说道,语气听上去有些失望,"即使我和你上了床,那也没有任何意义,不是么。人们总是在谈论着这种事情,但实际上这件事本身并没有多么重要。"

艾伦觉得自己的体温正在逐渐升高。他开始浑身打战。

"你们这些狠毒的女人,"艾伦说道,"你们都是一丘之貉。你们永远得不到满足。"

菲丽丝爬下床,穿上了衣服。艾伦没有看她。他的头有些痛。

"这不是你的错。"菲丽丝说道,她看上去很高兴,她觉得自己重新找回了那种体面的感觉,她给自己全身喷上了香水。"这一切都怨我。我有些性冷淡,你知道的。我只是想要帮助你,让你重新振作起来。说真的,我很享受刚才的过程。"

"我可不是一杯奶茶。"艾伦呻吟道。

"咱们真的不应该做这种事情,"菲丽丝接着说,"我还怎么直视爱丝特的双眼?我还有什么脸面再去见她?今天下午我们已经约定好了,我要去探望她的。天啊,我该怎么办?我到底干了些什么?"

"下次再有这种事情的话,"艾伦说道,"麻烦请去找别的男人来承受你那份性冷淡所带来的痛苦。"

菲丽丝哭了起来,她说道:"我觉得爱情应该给人们带来幸福才对。我只是想要帮助你而已。"

* * *

"那是自然,"彼得对苏珊说道,"我老爸这段时间一直很不安。他疯狂地嫉妒着我。不过这很正常,当中年男人眼看自己的儿子一天天长大,并且开始过上性生活时,他们都会变成这副德行,对当爹的来说这种体验可以算是一种精神创伤。对了,你知道吗,除了头发的长度以外,你简直和史黛芬妮一模一样,而且你们两个人都很像我老妈瘦的时候。我觉得这就是一开始你吸引我老爹的地方。如果我能跟史黛芬妮上床,为什么他不能跟你上床呢?不幸的是,老妈把这件事看得太严重了。如果她有些洞察力的话,她就能理解老爸,也会留在家里,等一切都随风而去。但是,当儿子离开家,开始独自生活以后,他们的老妈都会变得郁郁寡欢。她们身边还剩下些什么?我觉得自己对这些混乱有着不可推卸的责任。男人也有更年期的,你知道吗?我想老爸也在承受着更年期带给他的痛苦。是什么让你觉得有必要来找我呢?"彼得从头到脚都是一身黑色打扮。他正在写家庭作业。他的教科书摊开,摆放在紫色的天鹅绒沙发上。

"因为我不想让你因为这件事对我有成见。当两个人坠入爱河时,总会有其他人因此受到伤害。这是生活悲剧的地方之一。"

"为什么你要在意我的感受?"

"因为你跟我是同一代人,至少我是这么认为的。"苏珊修长的双腿搭在一起,她正在用过滤嘴抽着一根香烟。她的指甲很长,修剪得十分漂亮。

"你这么想还真挺让我意外,"彼得说道,"你跟史黛芬妮真是一模一样。我觉得你能当上一个了不起的继母。而且有这么点乱伦的意味在里面。"

"我觉得你父亲脑子里就有那种想法,"苏珊说道,"这种想法困扰着他。成为驱使他——"

彼得用疑惑的眼神望着苏珊,"难道你们真的进行到那一步了?我不认为那个老头子考虑过离婚的事情。男人不会轻易破坏自己的婚姻。这也是我不和史黛芬妮结婚的原因之一。当然另外一个原因就是我还在上学。难道我说错什么了吗?你看上去为何这样痛苦?"

"啊,没有,"苏珊说道,"没事。我只是把一些事情看得太认真了,我不明白为什么其他人不能认真对待这些事情。你知道,我是一个艺术家,世间万物在我眼中要比其他人更加真实。这种真实感会给我带来更多的痛苦。我相信你父亲也发觉到现实是痛苦的。他在很多方面都是一个非常敏感的人,不过我认为他也对很多事充满着疑惑。你跟他非常像,不过你还没有受过生活的苦,你的灵魂还没有被生活扭曲,不像他一样。你并不认为女人是一件东西,对不对?你认为她们也是活生生的人,对不对?"

"当然啊,"彼得看上去很惊讶,"难道他不这么认为吗?"

"实际上,他并不这么认为。而是那个年代的男人通常会持有这种偏见,关于这一点人们也经常会抱怨他们。我必须不停地对抗着男人的这些固执成见。我都快得上强迫症了。然而这并没有起到什么作用。男人仍然认为我只是生日蛋糕上的一块装饰品,我也只能去夸奖他们有多厉害,一旦我说了多余的话,他们就会生气。这就是我喜欢艺术家、诗人还有画家的原因。他们认为女人也是活生生的人。他们不惧怕被我伤害,我也不用担心会伤害到他们。但是你父亲却伤害了我。"

"我不明白为什么你会用如此认真的态度来对待他。他年纪都那么大了。"

"他很喜欢你,也非常看中你。这是因为你跟他简直太像了。你父亲相貌英俊,充满智慧。但这些到头来都没有任何意义。多年的小资生活已经完全摧毁了他的人生,归根到底他也只不过是一个广告商人罢了。而你永远不会从事这个行业,对不对?"

"我当然不希望自己去干这行。"

"因为这份工作会毁掉一个人的灵魂,不是吗?你父亲说过你也会写诗。我能读读你写的诗吗?"

"那是我的荣幸,"彼得说道,他的脸红了,"你是威廉·麦克莱斯菲尔德的朋友,对不对?他是我心目中的英雄之一。对他来说,写诗如同信手拈来般容易。不知道为什么,他的诗歌在我看来总有一种莫名的熟悉感。"

"他是一个很顾家的男人,"苏珊说道,她的心中不免感到一丝苦涩,"不过这都无所谓了,我跟他很熟。我认为他的诗歌里也融入了我的一些灵感。我希望自己也能成为一个顾家的女人。有时候,我也会对自己现在的生活方式感到厌倦。"

"也许你只是没有遇到对的人而已。"彼得说道,看上去他十分热衷于解决苏珊的烦恼,"我说这话是发自内心的,我老爸不可能是你的白马王子。他上了年纪,而且已经娶了我老妈,他不可能对你一心一意。当然我敢肯定的是如果他能做到对你全心全意的话,他会去做的,但作为一个已婚男人,他已经不再具备这样的资格了。你不能再为此烦恼了。在这方面你跟史黛芬妮不一样,她从来不会为任何事烦恼。我不认为一个女人应该像她那个样子。如果一个女孩子对所有事情都持有过分的热情,我会有一种自己被利用的感觉。对某件事情保持一定程度的热情是必要的,我的意思是人们很容易对政治产生狂热,但女孩子应该对性爱也保持相当程度的狂热才对。你能够烦恼这些事情,我觉得挺好的,真的。"

"我认识的所有男人,"苏珊说道,"都只喜欢开心时的我。如果我哭了,他们就会离我而去。我想如果一个人结婚了的话,他们就不能随意这么做了。我真的很高兴能认识你这样的男人,不介意看到我的悲伤。你能这么想也许是因为你还年轻。在你成熟以后,当你自己也变得多愁善感起来,你就会发现,自己越来越无法忍受另外一个人的悲伤了。"

彼得将自己的胳膊绕到苏珊背后,他知道自己父亲的手臂之前也曾放在过同样的地方。他吻了苏珊的额头。

"史黛芬妮怎么办?"苏珊问道,"我可不想再引起任何麻烦了。我比你年纪要大。我应该更有责任感。"

"她能理解的,"彼得一边说着,一边把苏珊引到沙发上,"她没有什么占有欲。她每天做的事情除了大笑就是剪她的头发。她七点之前都不会下班回家。而我四点半就能放学回家了,除非有板球比赛。我是学校板球队的。虽然我挺厌烦这项运动,但我不能让我的队员失望。"

"谢天谢地,"苏珊说道,她终于抵挡不住彼得的进攻,屈服了,"谢天谢地你还没有结婚。我已经受不了已婚的男人了。我已经受够跟他们的妻子竞争了。"

彼得将自己的身子压在苏珊之上,苏珊感受着这份重量,一直以来搅得她心神不宁的那份名为怀孕的意外烦恼被完美地摆平,平得就像是被肉锤敲打过的牛排一样。她把彼得当成了威廉·麦克莱斯菲尔德。如果她全身心投入其中,两个男人之间也没什么不同。苏珊感到十分愉悦,不管怎么说,一个如此年轻的俊美少年,一个和他父亲有着诸多相似之处的儿子,正给她带来着无与伦比的快感。

"你跟我上床,"彼得焦虑地问道,"不会是为了要报复我老爸吧?"

"报复?为什么我要报复他呢?"

"因为他没有认真对待和你的关系。"

"你搞错了,"苏珊说道,"是我没有认真对待他。"说罢,她再次钻到了彼得的身下,仿佛要将自己隐藏起来。

"在我看来,"布兰达的母亲说道,此时的她正和布兰达坐在

"狄更斯和琼斯"百货商店顶楼的甜品店里,用一柄银制的点心叉切着一块拿破仑蛋糕。"在你的那位朋友苏珊的内心里,藏着一个小女人的灵魂,她身穿着格子围裙,兜里面装着擀面杖,挣扎着想要冲破身体的束缚。正是因为苏珊的本质是这样一个人,我才会同意你跟她合租一间公寓。当然,你本身也是一个懂事的孩子,你不会去做什么出格的傻事。每次一提起那个苏珊,所有的话题不是围绕着性爱就是围绕着那些所谓的解放或者艺术。有一点是显而易见的——她很想结婚,但没有人愿意娶他,所以她不得不去追求那些所谓的'自由性爱'。话又说回来,谁会想娶一个那样的女子呢?"

"哎呀,妈妈!"布兰达的语气中带着失望,她的眼睛正盯着周围餐桌上那些衣着华丽的中年女士,这些女人正在优雅地喝着饮料、吃着东西,她们脚上穿着鳄鱼皮鞋,头上梳着精致的发型。"现在很多事情都和以前不一样了,你只是不能理解罢了。"

"我觉得没有什么变化。女人总是要结婚生子的,就跟以前一样。但你们这代人没有我们这辈人的自律性。和你父亲在一起的那些年,我的生活过得并不称心如意,但我却从来没有抱怨过。这么多年我都熬过来了,而且在他走的时候,我感到非常难过。"

"是么,那是因为他的工资支票上再也不会有钱打过来了,我说错了吗?这是我察觉到的唯一不同之处。我们根本就没有去探望过他。"

"你怎么能说出这样的话呢？伦敦的生活让你变得越发粗鲁了。我不认为现在年轻男人的观念已经改变到开始喜欢性格粗鲁的女人了。"

"但我并不在乎男人怎么看待我,妈妈。哎呀,请不要露出那种表情。我又不是同性恋。我只是认为我怎么看待男人和男人怎么看待我这两件事同等重要。"

"但实际上它们并非同等重要,不是么？女人总是要努力吸引男人注意,你也不会轻易改变这个事实。看看你的周围吧。所有的女人都装扮得十分得体,她们充满魅力,貌美动人,而男人一个个儿不是肥头大耳就是骨瘦如柴。他们经常不刮胡子,浑身散发着恶臭。男人无论做什么坏事都能得到原谅。只要他们喜欢,就可以尽情去做那些恶心的事情,没有人会在背后说三道四。对了,今天可是你父亲七周年忌日。"

她的声音突然抬高了几度,这让布兰达感到尴尬。她的眼神变得疯狂起来,布兰达很熟悉这种眼神,她已经忍受这种疯狂很多年了,母亲一旦疯狂起来,不是把镜子砸碎就是将瓷器摔坏,接着躺在一堆废墟中说着疯言疯语。布兰达一直希望能够从她母亲那里得到一些关于真爱的智慧和启示,无论她母亲表现得多么疯狂,她也没有放弃过这种希望,但她觉得现在并不是向母亲寻求答案的恰当时机。于是她把话题转到了奶油蛋糕身上。两个人喝完茶后便来到了位于三楼的内衣商店,她们分别给对方买了件透明的睡衣,还有镶边吊袜腰带。

经过一段时间的思想斗争,菲丽丝打消了种种顾虑,鼓足勇气再次拜访爱丝特。爱丝特身穿睡袍,步伐沉重地走向门口,将菲丽丝让进屋内,接着便再次躺回床上。

"我觉得特别难受。"爱丝特说道。

"我并不意外。"菲丽丝说道。

"怎么每个人都对我说这种话。但问题是,比起吃东西给我带来的痛苦,不吃东西会让我觉得更难受。以后的日子里我就要与恶心呕吐为伍了,我想我应该学会去适应这种生活。有件事我还真是错怪你了,菲丽丝。"

"你说什么?我做了什么?"菲丽丝问道,很明显,她听错了爱丝特的话。

"你什么都没做。为什么你看上去那么内疚?明明是我做错了,我错在不该阻止你去悲伤,我错在不该说你没有悲伤的理由。你也许会有无数个错误的悲伤理由,但你大可尽情地去享受悲伤本身。'悲伤'是一个可爱的词语,也是一件可爱的事情。悲伤能够治愈你的内心,而怨恨则不能。我们必须承认自己的悲伤,然后带着这份悲伤活下去,否则悲伤就会转化为仇恨,而仇恨会一直困扰着你余下的人生,而且总是会不合时宜地出来作怪,于是多年以后,在养老院的周末下午茶时间,你会突然放声哭泣起来,眼泪会掉进面前的烤茶点里,这时候护士会走过来对你说,'可怜的弗瑞泽夫人,一切都过去了,没事了',接着把你推回老年病房,然而你的怨恨并不会像护士说的那样结束,而是会一直持续下去。随着年龄的增长,变得越来越无法抑制的不是衰老,而是自己的悲伤。因此,现在的我放声哭泣,尽情吃喝,是为了让以后的我不再哭泣,因为那时候再哭泣会造成不可挽回的后果。我要做一个积极向上的老太太。"

"这么说来你今天感觉好多了。"菲丽丝说道。

"脑子里感觉好多了,但身体上感觉更糟糕了。我现在很生你的气。"

菲丽丝脸色变得惨白,"为什么?"

"我才注意到你做了隆胸手术。"

"我不想让你知道,而且我做的也不是隆胸手术,我只不过是让它们回复了往日的坚挺。"

"为什么你要对我保密呢?"

"你对某些事情总是持有很奇怪的观点。再说我也没有做任何值得羞耻的事情。"

"你应该感到羞耻才对。你做的事情本身就很可耻。为了取悦男人,你就让另外一个男人随意改造你的身体,让男人来决定你身体应该是什么样子的。而你,作为一个体面的女人,却把自己当成了贡品,献给了一个关于乳房和屁股的伟大宗教仪式。为了取悦男人,你抛弃了完整的自我,把自己的身体当成了一堆可供解剖的零件。你被男人的价值观左右,让别人割开你的乳房,往里塞满塑料。让我提醒你一句吧,乳腺,是喂养孩子用的,它们是产生乳汁的器官。"

"有时候你说话真恶心。"

"对于像你这样的人来说,事情的真相往往就是这么恶心。从你做这种事的那天起,菲丽丝,你就已经不再是一个完整的女人了,尽管你有了一对更加坚挺的乳房。做手术的时候疼不疼?"

"疼。"

"活该。"

"我不明白为什么你对这件事抱有如此态度。我希望自己能变得漂亮一些。如果我的胸部能够坚挺一点,那么我穿起衣服来就会更加好看。算了,反正你也总是在说当个女人有多么糟糕之类的话。"

"我可从来没说过这样的话!只要不是男人控制着这个世界,当个女人完全可以接受。我只需要男人的种子来繁殖后代,但我没有义务去迎合他们给女人所定的标准,或者忍受他们对于女性的看法,让我告诉你吧,男人认为女人就是恐惧、怨恨这些情绪的集合体,他们认为女人生来就要比他们低上一等。"

"比起说话,你还是吃东西比较好。"

"为什么你和格里不要个孩子呢?"

菲丽丝在想艾伦有没有可能让她怀孕,但是理性地想一想,这是不可能发生的事情。

"我并没有攻击你的意思,"爱丝特说道,"我只是好奇而已。如果一个女人不想生孩子的话,那么强迫她去生孩子是没有道理的。但如果你不想生孩子的原因是为格里保持身材的话,说真的,我会看不起你的。"

菲丽丝的脸红了,这让她看起来更加漂亮。

"难道你打算就一直这样下去吗?"爱丝特问道,"把你一生的时间都浪费在讨好一个肥胖、自私、粗暴的丈夫身上吗?"

"我爱我丈夫。很遗憾你不再爱你的另一半了,你让患上流感的他一个人孤苦伶仃地躺在床上。你可以在这里大谈特谈女性权利,但这样做并没有让你看起来更快乐。你嘲笑我的一切,但是你却不肯告诉我你和格里之间到底发生了什么。这很不公平。"

"我和格里之间什么事情都没有发生。我把他赶回家了。"

这句话让菲丽丝的心头一沉,她原本是希望借爱丝特举止不端一事,将自己的行为正当化。

"我只跟格里上过床。"菲丽丝说道。

"我曾经疯过一次,"爱丝特说道,"那是一次很有趣的经历。在我父亲去世之后,我的心情变得十分低落,我喝下了一整瓶漂白粉。虽然我并没有因此死掉,但有好几个月的时间我吞咽不了任何东西,那时的我变得非常非常瘦。我离开了艾伦,我想去看看外面的世界是什么样子的。你知道么?外面到处都是男人。所以我又回到了艾伦的身边,你猜我发现了什么?艾伦和其他男人没有什么区别。你跟他们生活在一起很多年,你为他们洗衣服,给他们做饭,跟他们聊天,听他们说话,和他们一起分享孩子的成长,但到头来你却什么都得不到。他们还是远离你,怀疑你,不停地希望你能变成一具温顺的躯壳。我想这可能就是茱丽叶想要告诉我的事情。然而她并不在意这些事情。她也没有什么别的奢求。但咱们这些中产阶级的女人从小就被灌输着婚姻关系中的伙伴观念。这就是为什么我们最后都会变得疯狂,然后跟水管工们上床。好了,是时候继续说我的故事了。"

3

节食减肥的第十二天,爱丝特坐在厨房餐桌前喝着一杯黑咖啡。她觉得头有些晕,她的双手也在微微颤抖。茱丽叶坐在她对面擦拭着一只铜煮锅,她干起活来还是马马虎虎的。

"你得给男人点快活的时光,不是么?"茱丽叶说道,"你不能因为男人想要找乐子就怨恨他们。他们有期待某些东西的权利。你知道他们在期待什么的——你要准备一桌子热乎乎的饭菜,让他们一回家就能吃到。一顿饭菜就能让他们保持安静,就能让他们不去干涉你的生活,你还想要什么呢?"

"事情没有你说得那么简单。"

"那是因为你还不够忙碌,这是你的问题所在。你要让自己每时每刻都有事可做。我真为我工作过的家庭里所有的丈夫感到难过。他们脑袋里无时无刻不在装着这些**想法**。你看看我,我就不会让自己闲下来,这才是解决问题的关键。我总是让自己忙个不停。"

"可是除了打发时间以外,我并没有什么事可做。我曾经打理过一个花园，但后来我用混凝土填平了它，因为这样看起来更加整洁干净，而且我也没有本事种出东西来。现在的我已经失去了做这些事的感觉。"

"你已经不再年轻了。我的意思是，咱们都已经老了。"

"我生活的圈子太小了。我身上已经满是皱纹。也许这就是我要变胖的原因吧。"她把自己的胳膊伸给茱丽叶看，"看见没有，我年轻的时候经常看自己的手臂，它们曾经是那么白皙和紧致，但现在它们却变得又皱又松弛。茱丽叶，我觉得我要死了。"

"难道有谁不会死吗？我真不明白有什么值得你大惊小怪的。你应该多做点事情，少想些东西。我从来不会让自己闲下来，这就是我的秘诀。我总是让自己保持忙碌的状态。"

爱丝特略带怀疑地皱了皱眉，很不凑巧，这一幕被茱丽叶看到了。

"我要是你的话，我就会吃上一块饼干。你真是太傻了，把自己饿成这副鬼样子。"

"我已经减掉十磅了。"

"对于像你这样的大块头来说，减的也不多啊，不是么。你永远也不知道减到什么时候是个头。我希望你不要介意我说的话，但你就是永远也不知道。"

"你应该去干点正事了，茱丽叶。"

"你和我的不同之处就在于，我从来不会因男人的事情而烦恼。如果你一开始就很受男人欢迎的话，你就不会去在乎这些事情了。因为无论我长成什么样子都无所谓,总会有男人排着队追求我。不过碍于你的体型,我觉得这种事情不会发生在你身上。"

"我可没有你说的那么不受欢迎,谢谢你刚才的一番话,茱丽叶。"

茱丽叶把煮锅放到水龙头下,用布里洛牌百洁布擦拭着锅体,她身子背对着爱丝特说道:

"我好像是没办法擦掉这只锅上的污渍了。我想它已经完成了自己的使命,萨斯曼夫人,真的。你该把它扔掉了。"

"我不会扔的,"爱丝特说道,语气中略带激情,"它还没有完成自己的使命。"

"好吧,听你的。"

"人们应该珍惜并好好保管那些旧东西。"

"人们应该把旧东西扔掉。反正它们已经没用了。又旧又脏的锅就好比又老又丑的人。当孩子们长大成人之后,他们的父母就会变得毫无用处。"

"孩子总是需要父母照顾的。"

"你说的小孩是指彼得吗?他才不需要任何人照顾。除了结婚的时候,他可能会需要一个牧师以外。不管怎么说,他现在已经要离开这个家了。"

"离开这个家?你什么意思?"

"你的彼得,现在正准备要和史黛芬妮住在一起。"

"你在胡说些什么呀。"

"我听到他在电话里说的。他没有告诉你吗?他要跟那个女孩子合租一间公寓。如果留着那样一头短发的人,还是女孩的话。我说这些并不是想让你担心,但我觉得我应该告诉你。你不能让他成长为一个同志,对不对?"

"他当然告诉我了,"爱丝特撒了谎,她的手颤抖得更厉害了,"但我不认为这有什么大不了的。你懂的,小孩子总是喜欢做计划。"

"小孩子!"茱丽叶说道,"我不认为你教过他应该如何尊重女性,这可是个大问题。如果你再不留心的话,你随时都有可能当奶奶哦,一个月里他们做了至少六次。"

"你说得有点夸张了。"

"那个年纪的男孩子是不可能老老实实待在家里的。他越早独立,对他来说就越好。对你,还有对萨斯曼先生来说也一样。有些时候,那些离家独立的想法总会莫名其妙地钻进他的脑子里。"

"这我倒信。"

"这个房子越来越像太平间了。你穿过大门时就会有这种感觉。这种感觉让我浑身发抖。"

"以前每天早晨,我都会在厨房里烘焙食物,曾经这里的一切闻上去都是那么美味,充满了家的感觉。但是这样做是错的,食物让我们变胖。我做的一切到头来在其他人眼中一无是处,不是么?"

"这可是你自己说的,我没那么说过。"

爱丝特的手伸向了摆在餐桌上的饼干盘子,这原本是准备给茱丽叶吃的。但她马上又把手缩了回来。

"现在你变得都不像以前那么唠叨了,"茱丽叶说道,"你会慢慢失去自己的标准,到那时候你连自己身在何处都不知道了。你还能剩下什么东西?"

爱丝特的手再次伸向了盘子。这一次她拿到了饼干。她刚把饼干放到嘴边,茱丽叶就突然转过身来。

"我可看见咯!我要告诉艾伦!我要告诉他你一直在干些什么。我看见你吃东西啦!"茱丽叶半开玩笑半认真地说道。

"从我的房子里滚出去。"爱丝特说道。

"但是我还没有干完活。"

"从我的房子里滚出去,永远不许再踏入这里半步,"爱丝特说道,这句话她都跟茱丽叶说了不知道多少遍,两个人之间的关系平衡早已被打破,现在的爱丝特没有别的选择,只能把自己的话说完,"我已经受够你了,我受够了你的傲慢,还有你的监视行为。那些家务活我会留着自己干。用不着你天天来我这儿,拿我找乐,听我发牢骚,嘲笑我。你拿着我付给你的工钱,但却对我没有半点回报。"

爱丝特的脸色现在因愤怒而变得苍白。茱丽叶小心翼翼地、慢慢地脱下围裙,她像是获得了一场持久战的胜利一般,离开了爱丝特家。待茱丽叶走后,爱丝特趴在桌上哭了起来。她给艾伦打了个电话,想要寻求一下安慰,却被告知那天艾伦并没有来上班。

"我不明白为什么你总是跟你的雇工过不去,"菲丽丝说道,"我的雇工总是能用上好长一段时间。但你隔段时间就要换一个。"

"其中一个原因是我不明白为什么我要雇用其他人替我去做那些脏活累活,我为此深感抱歉。另一个原因是我话太多了。能跟我说话的人几乎没有,所以我只能跟我的雇工说话。当我打电话给艾伦,想告诉他茱丽叶做了多么混蛋的事时,结果却发现他不在那里。那时的我突然又开始希望茱丽叶能够回来,这样我就能接着跟她聊天了。"

"艾伦去哪儿了呢?"

"你觉得他能去哪儿呢?他正跟苏珊那个愚蠢的荡妇鬼混在一起。"

"你到底在发什么神经?"苏珊不耐烦地说道。下班后布兰达就直接躺在了床上,没有像往常一样去做饭。

"我恋爱了。当时我没有注意到这点,是因为我太疲倦了,但现在我已经意识到了。恋爱的感觉和肋骨下那种无法呼吸的奇怪感觉不同,它更像是一种带有节奏的震动——就像是怀孕的女人感觉自己肚子里的宝宝在踢自己一样。这种感觉并非是令人愉快的,但却是十分重要的。我终于能理解为什么爱情可以驱使人们去做各种各样极端的事情了,比如杀人或者离婚。只有在我躺在床上、依偎在那个人怀里时,这份冲动才会得到平息。"

"你这是爱上谁了?"

"昨天晚上躺在这里的男人啊。为什么我会对一个无法交流的男人产生这种感情呢?这不是缘于两人精神层面的契合。那这是不是缘于两人身体上的结合呢?苏珊,为什么他给我的东西是两英镑纸币,而不是他的电话号码呢?"

"因为那些应召女郎就是这样向客人收费的。那个男人又怎么能看出你和她们之间的差别?他只会从你的行动中判断你要做什么。而且你也没有跟他说你不是干这行儿的,当然你有没有做过我就不知道了,就当你没做过吧。难道你没有把钱还给他吗?"

"没有,一切都发生得太突然了。如果他能给我一些别的东西,我会更感激他。我指的是除了身体以外,你能明白我的意思。他给完钱之后就离开了,我现在心里七上八下的,我想要再次见到他,如果见不到他我就会死的。今天晚上我会去酒吧等他。我试着跟我母亲交流过这件事情,但不巧那时候她正在发疯,就在狄更斯和琼斯商场里,在大庭广众之下,我尴尬得想死。我不明白为什么自己会对这个男人抱有这样的情感,这是我对其他男人从来没有过的。实话和你说吧,说是其他男人,其实也就只有两个人,他们是母亲选的相亲对象,都很适合我。但也许这就是我不喜欢他们的原因。而且他们的话太多了,他们说得越多,我就越能看清楚他们的本质,我看不起他们。你不觉得这样很可怕吗?"

"我觉得那两个男人可能是对你太好了一点。人们很容易爱上一个对自己不好的人。我必须说你现在就在经历这个阶段。承受一点点的痛苦,会让你觉得这个世界非常美好。咱们来喝点东西吧,我今天去见了艾伦的儿子。"苏珊有些害羞地说道。

"不是吧!你又发什么神经了。"两个人津津有味地喝起了雪利酒。

"男人总是想让你全身心投入到和他们的交往之中,但同时却只把你当作他们生命中无关紧要的部分,我已经受够了男人的这副德行。如果要我投入一段感情,那男人自己也必须投入进去,只有这样才是合理的。彼得的父母都是怪人,但他却是那样出色,这件事让我百思不得其解。"

"怎么个出色法?"

"他很可爱,很单纯,很有魅力。我知道他会是这样一个人。艾伦一直将他的照片摆放在办公桌上。虽然只有十八岁,但他已经和这个女孩同居了。对我来说,他真是太年轻了。他还没有体验过复杂的生活,这一点让我无法抗拒,而且他的身体,简直是太棒了。太棒了。一个人竟能仅被肉体吸引,然后沉迷其中,你能想象得到吗?你当然能想到。干这种事儿是你的特长。也许你说得对,沉默的男人才是真正值得拥有的男人。从现在开始,一切都将变得不同。"

"我觉得这简直太可怕了。这不就是乱伦么。先是跟父亲上床,然后跟儿子。"

"一点也不可怕。我甚至希望他能把这事告诉他父亲,反正结果都是一样的。你觉得我很可怕吗?"

"是啊。你和艾伦之间到底发生了什么事情,让你这么生气?"

"我会告诉你的。也许当我理清了自己的思路,我就不会感觉这么难受了。除非我自己也不知道造成我难受的元凶究竟是艾伦还是威廉。我不认为自己在乎威廉,但我很想念他。他是一个很好的倾听者,我们相处得也很融洽,我们之间有很多共同点,我不明白为什么他的妻子能拥有威廉,她又蠢又笨,像一头奶牛,难道就是因为她要生孩子了?生孩子到底有什么神奇之处,以至于能完全占据一个人的生活?男人谈论的话题永远都是我的妻子、我的孩子、我孩子的生日、我妻子的生日、有谁生病了、今天是某人的演讲日、今天是圣诞节、今天是圣灵降临节之类的,他们一天到晚沉醉于这种该死的父子关系和夫妻关系之中。难道男人就不能做回自己吗?哪怕只有一小时?为什么他们要忍受这些负担和累赘?"

"那你就不要和已婚男人搞在一起了,这样不就没事了吗?"

"你知道彼得有什么吗?他有一支板球队。他既没有妻子,也没有孩子,但他却有一支板球队。有时候我真希望自己是同性恋。"

"我才刚跟我母亲说了我不是同性恋。搞同性恋是她能想到的关于我的最为悲惨的结局。为什么老一辈的人总是对这些事情抱有如此强烈的反应?"

"因为这些事情让他们感到不安,他们会觉得自己这辈子都在用一种错误的方式生活着。他们本来是可以享受人生、感受快乐的,但他们没有。取而代之的是他们生了孩子。"苏珊站在镜子前,将自己金色的秀发梳到了脖子后面,她的颧骨因此看上去更加突出和明显。

"有时候我觉得你像个男人。"

"有时候我觉得自己就是个男人。"

"我想知道为什么我母亲会认为你内心深处潜藏着一个小小的家庭主妇之魂,它挣扎着想要冲破你的束缚。在我看来,潜藏在你内心深处的应该更像是个足球运动员。"

"你说的话真吓人。"

"你指哪个,家庭主妇还是足球运动员?"

"两个都是。我觉得这些幻想体现了你们母女二人不知所谓的一面。别人就不会这样评价我——这件事说明你母亲有同性恋倾向,而你则是喜欢禽兽一样的男人。当然,我可是有确凿的证据支持这两个论点的。"

"我不想再跟你合住了。我现在想做的只不过是花些时间来思考自己怎么会爱那个男人,我希望能和别人聊一聊关于他的事情,但我从你这里听到的全是冷嘲热讽,你把事情搞得更加复杂,你只会令我更加不安。"

"你也不要以为我想跟你住在一起。我希望威廉能在这儿。他是这个世界上唯一理解和欣赏过我的人。"

"没有人,"艾伦说道,"真正欣赏过我。"节食减肥的第十三天,躺在床上的他发表着这番言论。几天之后,因自己做出的逃离现实的轻率举动,布兰达会躺在这同一张床上,体会真爱带给她的痛苦。苏珊正穿着她那件艺术家工作服站在画架前,手中拿着一支画笔。"我这辈子都没有遇到真正欣赏我的人,我这一生都在被人利用。我母亲利用我,她打扮我的方式和打扮自己养的那只贵宾犬的方式一样,她给我披上毛皮大衣,穿上红色的靴子,然后带我出去散步。我母亲总是说,如果你养了一条狗的话,你就永远不会缺少朋友。而那条该死的畜生,它有一次差点把我的鼻子给咬掉。从那之后我的鼻子就变形了。中间鼓起来一块,整个鼻子都畸形了。"

"但你的鼻子在我看来很坚挺呀。"

"你是这么认为的吗?对了,有件事很有趣,彼得的鼻子也在相同的地方鼓起来一块。你觉得这说明了什么问题?"

"说明他是你的儿子。"

"我不是这个意思。我的意思是,这件事情说明那只该死的畜生对我鼻子造成的损伤远远超过了我一直以来认为的程度,如果不是这样的话,那就说明李森科是正确的。"

"李森科?"

"他坚持生物进化中的获得性遗传观念。你还真是连基本的常识都没有。但也许这正是你聪明的地方。我父亲曾经把我当作存储无用知识的仓库。他会问我火地岛的首都在哪儿,在圣保罗大教堂的顶部放置多少便士才能碰到月球。我会回答不知道,然后他就会告诉我答案——这样一来他的大脑就能腾出富裕的空间,用来记忆更新奇、他更想知道的事情了。我不知道为什么和你做爱以后我的话会变得这么多。"

"我喜欢听你说话。"

"爱丝特就不会听我说话。她从来没有欣赏过我。她既不会在床上欣赏我,也不会在床下。现在她又因为我不跟她做爱而吵吵闹闹。不过她想要的并不是做爱,她只是认为做爱是她应该享有的权利。"

艾伦之前从来没有跟苏珊提过爱丝特的事情。她觉得自己受到了鼓舞,似乎总算有一个男人会因为纯粹地爱她而放弃自己的妻子、孩子,还有家庭,似乎总算有一个男人会因为她而抛弃整个世界。在那之后,也只有在那之后,苏珊觉得自己才会获得新生。她开始给作品上色,她工作得太专心了,几乎忘记了艾伦的存在。

"而且她最反感我写小说。"艾伦继续说道,"她不想让我写下去。她不想让我表达自己的想法。她并没有直接说出来,但她把这种敌意释放到了空气之中。我想知道她到底想要从我身上得到什么。她也是有一些私房钱的,你懂的。"

"难道那就是你娶她的原因吗?"

"当然不是。"艾伦有些震惊,"爱丝特是一个非常漂亮、非常丰满、非常难搞、非常聪明、非常有教养的女孩,她在一个中产阶级家庭里长大。我不知道她为什么会嫁给我——我父亲是一个没有军衔的印度陆军士官,我们家虽自命不凡,但只是虚有其表。爱丝特的家才是货真价实的富裕阶层,但她却从不招摇。当时的我觉得自己非常幸运。那时我们两人都在艺术学校上学。我们都想摆脱家庭背景给自己带来的影响。"

"你做到了么?"

"我做到了。我不知道爱丝特有没有做到。她家里太有钱了。一个人可以脱离他所在的阶层,但却很难离开钱而生活。有段时间我可是靠她养活的。她永远会记着我欠她的这笔账——那她当初又何必伸手援助我呢?她说我应该留在家里安心画画,而那些账单就交给她来想办法。我尝试了一整年的时间,你知道结果是什么吗?我没有画成一幅画。我们浪费了太多的时间喝酒、上床。当时的我们既没有固定的收入,也没有固定的居所,生活的窘迫让我感到羞耻。那是我想要忘记的一段时光。后来彼得出生了,我也开始从事广告行业,我们的生活总算是安定了下来。即使现在我可以挣很多很多钱,她仍然认为是她在养活我。

这种想法并没有体现在她的思想中,而是植根于她的感觉中。作为女人,她身上的愤怒情绪太多了。而且她一直坚持说是我剥夺了她其他美好的感情。为什么她会这么想?你也是个女人,你能告诉我答案吗?"

苏珊觉得自己快要哭出来了,她无法回答这个问题。而艾伦并没有注意到这一点,他继续说道:

"我认为女人似乎是下了很大的决心来忍受男人,好像她们吃尽了男人的苦头。她们把一切都掌控在自己的手中,她们要确保自己才是对的,而男人都是错的。如果你说我冤枉了女人,那我会告诉你:其实男人才是感到莫名其妙的人,我们不过是想要吃个饭、睡个觉、上个床、生个孩子,我们无法理解女人为什么要做这些乱七八糟的事情。正因如此,所以我才喜欢你。"

"你说什么?"苏珊惊慌失措地问道。

"你不认为自己是在忍受男人,当然这么说似乎也不太准确。你会假装去忍受一些东西,但这不过是为了让自己看起来更像个女人,你的内在更像是个男人。你用简单直接的方式享受着快乐,用轻描淡写的方式处理着各种关系。"

"那样的话,"苏珊说道,"我不得不担心你的内在其实是个同性恋。"她放下画笔坐了下来,双手抱头。

"不要紧张。我可是在夸你啊,而且即使你说我有同性恋倾向,我也不会觉得你冒犯了我,因为很显然这并不是事实。我是一个单纯天然的男人,而你是一个非常漂亮的女人,让我们面对这个事实吧,就这么简单。"

"为什么你还不回家去找你的妻子呢?"

"我会的,我想再等一会儿,等我准备妥当后再回去。我刚注意到在壁炉上放着一只烟斗。那位唤作威廉的诗人抽烟吗?"

"抽。"

"真是一幅温馨的家庭画面啊!而且充满了艺术感!画面里的威廉坐在壁炉的一边,脑袋里充斥着各种富有诗意的句子,而你则坐在壁炉的另一边,脑袋里全是具有象征意义的各类符号。毫无疑问的是,你们会在炉前的地毯上一次又一次地结合。真可惜你们两人没有孩子。他们要是长大的话肯定会统治全世界。当然,威廉已经有妻子了,不是吗?而且他更希望自己的孩子是由合法妻子所生。当然,你要是嫁给其他男人的话,怀孕分娩这些事可是会拖你的后腿,这样你可就没办法去追求你那个既轻率又冒险的终身事业了。"

"你有什么权利这样说我。和你开始约会的那天,我就已经请威廉离开我这儿了。你还想要怎样呢?你把我当成什么人了?"

"一个人尽可夫的女人。"艾伦不高兴地说,两个人都陷入了短暂的沉默。

"我很高兴你会吃醋。"过了一会儿,苏珊说道。

"我没有吃醋。为什么我要吃醋?赶紧把那个该死的烟斗移出我的视线。你不应该把象征着其他男人生殖器官的东西放在壁炉上。"

苏珊把烟斗折成两段,扔到了火堆里,两个人勉强高兴了一阵子。

"我送你的百合有没有长?"艾伦问道。他给苏珊买了一株非常昂贵的百合花作为礼物。两个人一起把它种在了花盆里,用的是盆栽土。苏珊每天都充满爱心地给它浇水,但它却丝毫没有发芽的迹象。花盆里的土壤毫无生气地维持着原来的样子。

"没有。"

"恐怕你忘记浇水了。"

"我没有忘记。我每天都在认真浇水,但什么都没有发生。我没有搞园艺的才能。"

"我也没有。但爱丝特有,或者说曾经有。不过在她离家出走之后,她就拿混凝土把那片花园填平了。她说这样看起来更加整洁。"

"离家出走?"

"不用在意。当一个人疯了的时候你是没办法控制他的行为的。我真希望她没把花园埋起来。我喜欢赏花,即使它们会因我触摸次数太多而凋谢。接着画吧,我喜欢坐在这里看你画画。我不明白为什么爱丝特不能容忍我画画这件事。她永远不能让我安静地作画,她总会不停地给我端来咖啡、饼干还有各种可口的新菜品。所以我没有画成任何东西一点也不奇怪。写小说时我会把稿子锁起来,但我会把钥匙放到她能找得到的地方。有时我会想她到底找了没有。我写的东西越来越极端,我很清楚这些东西会让她很生气,我这样做就是想要引起她的注意,但我不知道她究竟有没有看。如果这本书出版的话她就会注意到了,对不对?她会去读这本小说的。别人也会让她去读的。"

"你是怎么忍受这么多年没有爱情的生活的?"

"我从来没有说过我不爱她了,"艾伦有些警惕地说道,"我爱她。我一直爱着她。她是我生命中的一部分。她是彼得的妈妈。我生命中最快乐的时光就是当彼得还是小男孩的时候,我们之间的关系通过这个小生命而得以维系。我们会冲着彼得的小脑袋瓜儿微笑——你肯定也见过别的家庭做过类似的事情。这些微笑是发自内心的,这一点估计你无法理解。亲子关系是生命中的一个重要维度,但这对你来说似乎毫无意义。"

"你责备我没有孩子,但你又不肯让我给你生个孩子,真不公平。"

"我不明白为什么女人总想要公平。没有事情是公平的。而且我也没有在责怪你。听好了,做一个既没有孩子也没有丈夫的女人需要很大的勇气。女人只有通过夫妻关系或亲子关系才能体现她们的价值,她们也才因此存在。我很钦佩你的勇气。"

"听上去有些可悲,"苏珊悲哀地说道,"我喜欢和欣赏的是你这个人,但你却只喜欢和欣赏我作为女人才拥有的身体。我曾经以为你是一个严肃认真的人,一个会欣赏我的全部而不是一小部分的人。我不想冤枉你,也请你不要做出让我误解你的事情。你已经被束缚在这段可怕的婚姻里太长时间了,我不认为你还清楚自己在做些什么,想些什么,说些什么,还有感受些什么。我想拯救你,我想让你脱离苦海。"

"我不想和你讨论我的婚姻问题,苏珊。为什么你总是一而再再而三地提起这个?这样做对你来说没有任何好处,它只会把咱们两个人都搅得心烦意乱。"

"因为你必须面对这件事情。你不能再像现在这样,和一个不懂得欣赏你的人一起生活。你需要被人鼓励,被人疼爱,被人尊敬,你妻子在不断地打压着你的感觉和天性,她的所作所为不断刺激着你内心的防御机制,终有一天你会发现自己已经失去了对任何事情的感觉。"

"我不知道你为什么会对我有着如此高的评价。爱丝特明明更了解我,但她却和你有着完全不同的看法。在她眼里我就是一个乏味的、微不足道的广告商人。"

"她极力想把你塑造成这样的人。她在想尽一切办法地鄙视着你。"

"你不会吗?"

"不会。"

"但愿我能相信你说的话吧。有时候我会对你讲一些很难听的话,为什么你还能忍受呢?换作别的女人肯定受不了。"

"因为我知道你这样做不过是为了把我撵走,我的离开会让所有事情都变得更加简单容易。但这并不是你真正想要的东西。"

"我真正想要的东西是食物,"艾伦说道,"我想吃派,我想吃薯条,我想吃HP酱,我想吃自己小时候吃过的那些美味食物。我无法将自己的视线从胃部挪开。我很抱歉。我知道自己应该干点正事,但是除了食物以外,我无法认真对待其他任何事情。"

"那就别再勉强自己逃避了。在某些事情上你要下定决心。这很重要,你现在正在面临人生中的转折点。这是你最后的机会。"

"过来,"艾伦说道,"身子靠过来。"

艾伦将苏珊抱到了床上,让她平躺下来,他脱光了她的衣裳,用各种姿势摆弄着苏珊的胴体,艾伦在苏珊的体内不断抽插着,如同在用气筒打气一样,他用自己的身体贯穿着苏珊身体上所有看起来像是孔洞的地方。艾伦用手掌拍打着苏珊的躯体,用嘴唇撕咬着苏珊的肌肤,用双手揉捏着苏珊的乳房,用指尖拉扯着苏珊的头发。苏珊没有体会到丝毫的快感,她现在正在忍受的明显是不同于快感的其他感觉——震惊,还有愤怒。从她开始追求所谓的"快乐的性爱自由事业"开始,她就清楚地知道自己想要的性爱自由并不是她现在正在遭遇的事情。苏珊哭了起来,但这却引起了艾伦的兴趣,他没有停下做爱的节奏。然而,就在此时,威廉突然间闯了进来,艾伦随即停住了自己的动作,他的脑海中突然回忆起一些模糊的情节,现在的场景似曾相识,仿佛出现在他青少年时期阅读过的一些小说里,他努力地回忆着具体的细节描写,而此时此刻的苏珊已经是一半身子躺在床上,另一半身子趴在地上的状态了。两个人分别给自己找了条毯子盖住身体,苏珊一边抽泣着一边扑向威廉的怀里。威廉把苏珊扶到椅子上坐稳,然后用手抚摸着自己下巴上整齐的胡须,对眼前发生的这一幕显得无动于衷。

"我把烟斗落下了,"威廉说道,"它在哪儿?"

"我把它扔掉了,"苏珊答道,"我很抱歉。是那个男人逼我做的。威廉啊,求求你让他离开这里吧。他对我做了特别过分的事情。"

"很好,"威廉说道,"你有什么权力扔掉我的烟斗?你还真是连头畜生都不如,从各个方面来说都是。很抱歉打扰到你们表演的滑稽戏了。请继续,我这就走了。"

"不要,别走。不要把我跟他丢在一起。为什么在我请你离开时你就真的离我而去了?那不是我的真心话。咱们在一起的时光是那么快乐,不是吗?请不要离开我。至少现在不要。"

"你这辈子从来没有在乎过任何人,"威廉说道,"我再告诉你一件事吧,你是一个差劲的画家。回到你的广告男身边去吧,你们两个在一起才叫般配。我希望你能管理好他的财产,别让他的东西落得跟我的烟斗一样的下场。"说罢,他朝艾伦点了一下头,"你好,再见。"

威廉离开了。艾伦沉默了片刻,然后突然笑了起来。苏珊则继续抽泣着。

"我很抱歉,"艾伦说道,"但我现在真的感觉好多了。你的身体真是棒极了,你知道么?"

"我才不在乎我的身材怎么样,"苏珊说道,"难道你对我就没有一点感觉吗?"

"我觉得你应该找个人嫁了。"

苏珊望着艾伦,脑海中闪过一丝希望,如同沸腾牛奶里的速溶咖啡一般,她希望面前这个男人就是要娶她的人,可是艾伦却冲她摇了摇头,他要回到他妻子的身边了。

"既然你要再次杀死我,"苏珊朝着他的背影大声地嚷道,"为何又要让我重生!"

"被人像一磅黄油一样利用的感觉真是太糟糕了,"苏珊对布兰达说道,"那个男人就是那样对我的。你年纪还小,我不会对你说太多的细节,但他的所作所为完全是按照那些性爱全书里描写的规则来的,他把我的身体还有他自己的身体摆出各种各样可能的姿势。爱情难道只是一堆规则和体位么?"

"如果你想要得到他人的爱,"布兰达虔诚地说道,"你需要先学会去爱他人。如果你够爱他的话,你就不会介意这些事了。你能让他快乐,你应该高兴才对。"

"这跟快乐或者性爱没有关系,他是把自己那些可悲的愤怒还有恨意都发泄在了我身上,他在故意羞辱我。"

"你觉得他会那样对待他的妻子吗?"

"恐怕不会,艾伦对她总是恭恭敬敬的,这一点毫无疑问。这种对比让我感觉更糟。我已经做好了和他认真交往的准备,但他却把我当作妓女来对待。如果他能像模像样地跟我交往,那他还有可能得到救赎。但现在他的后半辈子就只能当个卖去屑洗发水的销售员了。这是他的损失,不是我的。我及时看清了他的为人,我不能嫁给这种人。而且他不仅做了那样过分的事情,他还说了那样过分的话。直到转天早晨,那些言语还是像荆棘一样缠绕在我的耳边,刺痛着我。"

"你还是没有告诉我,究竟是什么驱使你离开了艾伦。"就在苏珊和布兰达交谈的同一时间,菲丽丝也在向爱丝特发问。恶心的感觉一直折磨着爱丝特,就像强奸犯的怀抱一样令人难以挣脱。不过她还是在吃着东西,她觉得与其默默忍受,还不如放弃抵抗并学会享受这种感觉,但吃到嘴里的食物似乎表现得不太友好,嘴里的味道也令她作呕。菲丽丝站在炉子前给爱丝特炖着苹果,她依稀记得炖苹果好像对这种症状有疗效。"在节食减肥的时候,人们可能会在不经意间惊扰到周围各式各样未知的事物,对此我深有体会,就好比说当你把沉重的衣柜挪开时,你会发现在角落里有一群小小的生物正在进行着一场大混战;又比如说当你在整理旧东西时,你会在一堆乱七八糟的东西中发现被自己遗忘很久的珠子还有信件。但即使生活中掀起了一些波澜,有些事也要坚持下去,你和艾伦之间的婚姻生活难道不就应该坚持下去吗？我认为嫁给艾伦是你做过的一件正确的事情。再说你又怎么能肯定离开艾伦这件事是对的呢？"

"我离开过艾伦一次。那时候离开他很容易。那是我做过的一件正确的事情。我想要享受性爱，我想要体验生活，我想要丰富阅历。我想要得到各种各样的东西。那时候的我还年轻。我可以毫无顾忌地去受伤，尽情地让自己被摧毁。我总能找到种种借口和理由。但这一次却不同。我离开艾伦是因为我再也无法忍受那样的生活，而不是为了去追求更好的生活。而且这一次的离开，让我清醒地意识到了自己的所作所为违背了某些人的意志，我违背的不是艾伦的意志，而是整个社会体制的意志。我违背的是家长教师协会，是证券交易所，是市政大厅，是乐施会，是精神福利协会，是法庭，是——"

"你是不是觉得更难受了，爱丝特？要不要我叫医生过来？"

"不用了。我对医生已经失去了信心——我违背的是所有人类体制的意志，在他们看来，我是故意为之，这些人类体制标榜着'建立规则、理清混沌'的理念，挡在人类和混乱无序的状态之间，而婚姻也是这些体制的一员。当我母亲给我家里打电话，得知我离家出走之后，她感到十分震惊，于是一路跟踪我来到了这里。"

爱丝特的母亲——西尔维娅·苏珊，是一位小巧、干练、美丽的女士，今年六十五岁。她是一个妖艳的女人，打扮得非常时髦，路上的行人总是会盯着她看，他们从来没有见过如此打扮的人。

现在她正穿着一件灰色的牛仔布工作服,头上戴着一块和衣服相配的头巾。她的双腿很细,腿上还围着一圈什么东西。爱丝特从地下室里就看到了有什么人正在向她走来。此时此刻的她正坐在桌子前啃着自己的手指甲,她只有跟母亲在一起时才会做这种小动作。

"我希望你不要再让我这么操心了,"西尔维娅说道,"你也太不懂事了。难道我就不能享受片刻的安宁吗?难道老天爷就不能让我消停消停,不再操心你的事情吗?"

"我都不为自己担心,你有什么可操心的。"

"看看你自己!你现在都成什么鬼样子了。你胸前沾满了汤渍。你从小就是一个难搞的孩子。我不知道你遗传了谁的基因。反正肯定不是我。我用尽了一切办法培养你、训练你,但你就是不听话。你太聪明了,但这也是你的毛病所在。你三岁的时候就可以自己读书,四岁的时候就可以自己打字了。"

"很遗憾这些小聪明最后也没起到什么作用。"

"你的天分让我感到不安,事实证明我的不安是正确的。我娘家没有聪明人。所以你的聪明劲儿遗传自你的父亲。你的身体为了追上你大脑成长的速度,变得越来越臃肿。你父亲还一个劲儿地刺激你,真是乱添麻烦。他会鼓励你去思考,可你需要的恰恰是要停止思考。"

"我不觉得你真为我的事操过什么心,妈妈,那时候你不是正忙于别的事情么。"

"我知道你心里认为我是一个轻浮的女人,是一个交际花,天知道为什么你会这么想。在你很小的时候,我去参加那些宴会应酬只不过是为了帮助你父亲。举办宴会是一件既昂贵又累人的差事。但你父亲的工作需要他的社会关系来维持。

"你很擅长那一套。"

"你说这话是什么意思?爱丝特,你到底出了什么问题?跟我回家。你现在需要休息,需要被人悉心照料,然后你就可以回到艾伦身边了。你现在又要开始进入那种状态了,我不会去在意你说的话还有你做的事。我不会让那些东西伤害到我的。我太了解你了,毕竟你是我的女儿。"

"怎么了,妈妈?你怎么又扯上女儿的话题了?你是不是发觉经过这么多年之后,自己变得孤身一人了?我更喜欢住在这里,谢谢你的好意。而且我也不会再回到艾伦身边了。"

"你看,你又开始干傻事了。听着,爱丝特。你还记得上次给你看病的那个医生么,就是那个把你治好的——"

"我没有疯。我知道你想让我认为自己又发疯了,但我没有疯。十五年前我的确精神崩溃过,不过现在我已经痊愈了。至少在那时候我是认为自己真的精神崩溃了。因为周围的人都这么说。但是现在回想起来,那时候所谓的治疗更像是给我安上了一道理性的枷锁,你跟你请来的那些医生们强行把我从一个快乐的状态修正了回来。那段日子里你不停地喂我吃药,不断地刺激我,我没有别的选择,只能回到艾伦身边。当一个人不想和他的丈夫生活在一起时，为什么就要被别人认为是疯掉了呢？我现在可没有发疯。"

"没有人说你疯了，亲爱的，你只是太累了，有些疲劳过度。我很抱歉，我知道让你承认是很困难的，但上一次你确实是有些神志不清。你没有离开艾伦的理由。你也不能给我一个理由。艾伦那会儿总算是能赚到很多很多钱了。你们的婚姻一开始就是摇摇欲坠的，我现在可以告诉你，在你们结婚的第一年里，我经常会在晚上哭泣，因为艾伦是在靠你养活着，他在欺骗你，但后来他突然之间就改变了，他变成了一个非常优秀的人，我们全都可以想见你们两人从那以后的未来生活有多美好。是彼得的出生促成了艾伦的转变。他需要的只是一点责任感。我不知道为什么你要上那所艺术学校，你应该去上大学，既然你那么聪明，你应该用你的聪明才智去成就一番大事业，而不是跟那些不靠谱的人整天厮混在一起。好在奇迹发生了，虽然我到现在也无法理解，但你们最后的结局是美好的，一切都是那么地顺利，直到你突然毫无理由地下决心离开你的孩子和丈夫。如果这不叫发疯，那你告诉我这叫什么？"

"我选择离开是因为我看到了自己人生最后的结局。"

"你说这话是什么意思？"

"就像我现在这样。"

"像哪样？你和艾伦之间到底发生了什么？如果不是你发神经了，那就是他有别的女人了。"

"是,也不是。"

"很抱歉,亲爱的,但你应该用'是,或者不是'来回答我的问题。人们在谈论这类问题时是不会有这种模棱两可的答案的。"

"未必如此。"

"你的意识很超前,这一点毫无疑问。但是现在,让咱们试着挖掘一下事情的真相。他是不是对你不忠了?"

"妈妈,你能不能让我和艾伦自行处理我们之间的婚姻问题?无论是继续在一起,还是离婚。我现在已经是一个成熟的女人了。"

"我可看不出来你哪里成熟了。看看这间屋子,看看你正住在什么样的环境里!这里简直太恶心了。"

"你这辈子也没过得有多好。"

"你说这话又是什么意思?我是一个称职的妻子,你父亲也是一个负责的丈夫。现在我孤身一人。你是我在这个世界上唯一的亲人了。不过他倒是给我留下了丰厚的遗产。"

"你一丁点儿都没有关心过他。你离开家去度假,把他一个人孤苦伶仃地留在家里,让我来照顾他——"

"我身体一向不好。一直以来我都十分虚弱。你想要我怎么做?我一旦病倒就会成为你们的负担,对你们来说我就会变得毫无用处。"

"过去我很害怕你回到家里,因为你一回来就会嘲笑我,这就是你做的事情,你嘲笑我又丑又胖。不过这都是你的错,都是因为你我才会变得又丑又胖。如果说我没有把父亲照顾好,那也是因为那时候的我还只是个孩子,不是么?发生这一切都是命中注定的。"

"你应该把床单晒一晒。那时候你已经十二岁了。已经是大人了。你知道床单应该是要晒一晒的。你父亲就是因为睡在潮湿的床单上才感染了风湿热。医生就是这么说的。"

"潮湿的床单和风湿热什么的都是无稽之谈,你用那种说法欺骗和威胁了我好多年。你应该感到羞耻。"

"夺走他生命的是得了风湿热后,他那脆弱不堪的心脏。以前我没有把这个原因说出来,但是我心里一直明白你父亲是怎么去世的,我没有怪你,我应该早点把这些话说出来的。"

"你现在大可不必担心了,你已经把埋藏在心里十五年的秘密说了出来。我知道你在想什么。是你的负罪感让你说出了事实。你在法国南部歇病假时是跟谁鬼混在一起的?那个人是谁?你当时在做什么,谁又跟你在一起?这些才是夺走父亲生命的罪魁祸首,不是什么潮湿的床单,而是与你通奸的那些人。"

"你彻底疯了,爱丝特。咱们不要吵架。咱们已经好久没有像今天这样吵架了。如果我生的是儿子的话我们是不会吵架的。女儿对她们父亲的占有欲太强了,这才是问题所在。我做了所有我能做的事情来面对我的本性,这是一个女人能够做到的极致了。但这一切都过去了。我现在已经老了。你对我来说仍然年轻,在我眼里仍然是个孩子,但是我想在世人的眼里你也不再年轻了。你找不到能够再婚的对象了,谁还会娶你?你太胖了,你必须维持和艾伦的婚姻。就算我求你了。你是有一些自己的积蓄,但是你舍弃掉了你的安全感,舍弃掉了你的地位,舍弃掉了世人因你是已婚女人和一个母亲才给你的尊重,而且你还舍弃了你丈夫的收入,还有他以后的退休金,这可是数目不小的一笔钱啊。我想他以后拿的退休金应该有他薪水的四分之三吧。"

"你们老一辈的女人似乎总把男人当作一张长期饭票。这可不是什么好思想。"

"比起把男人当作其他的东西,当作饭票不会让你感到痛苦。青春很快就会逝去。在人生的整个阶段它只占据很短的一部分。当你不再年轻,你就会意识到对于一个女人来说,舒适的生活、良好的社会地位,还有银行里的存款才是真正重要的东西。当然还有她的孩子。爱丝特,你就是我的孩子。"

*　　　*　　　*

"这就是关于我母亲的故事,"爱丝特对菲丽丝说道,"除了银行的存款,她这辈子把其他事情看得都不重要。她在法国南部约会的情人会送给她珠宝还有金钱,这才是她跟那个男人在一起的原因,不是因为爱情。我那可怜的父亲为了满足我母亲的需求就这样活活累死了,我指的是她在金钱方面的需求,而不是性爱方面的需求,她对这方面没有需求。我不明白我是怎么被生下来的,可能连我母亲自己也不知道吧。我父亲是一个既温柔又聪明的男人,他只想坐在他的书房里研究那些古老的法律报告,我则是负责打扫房间,给他端茶倒水,为他做饭。我的母亲一直坚持让他去外面的世界看一看,她让我父亲学着去取悦他的客户,她把我父亲拉到犯罪的边缘,让他每天都生活在可能被抓进监狱的恐惧中。实际上我觉得对他来说可能被抓进监狱反倒是一种解脱。他可以在那里当个图书管理员,做些轻松的工作。"

"他喜欢艾伦吗?"

"一开始他挺喜欢艾伦的,因为那时的艾伦除了绘画以外,会拒绝其他一切事情——他拒绝养活我,拒绝组建一个家庭。我觉得我父亲是因为艾伦那毫不妥协的性格才尊敬他的。我也喜欢那样的艾伦,只有我母亲没完没了地说他花光了我的钱。后来彼得出生了,一切都变了。因为风湿热的原因,我父亲的心脏机能越来越差,不久他就去世了,所以我不知道他最后是否还喜欢艾伦。那时的艾伦已经变得受人尊重,我觉得我父亲已经不再喜欢那样的艾伦了,这也是促使我觉得自己是时候离家出走的另外一个原因。但这一次的离家出走和那时候不同,没有他人的想法左右着我。以前我很害怕自己会落得和我母亲一样的下场。很多女人最终的结局都是那样。女儿很容易走上母亲的老路,不过儿子却不那么容易重复父亲的人生。"

"你现在离开了艾伦,过着如同假日般的生活,跟当年你母亲离开你父亲去休假一模一样。如果你再瘦七英石,你会比你自以为的更像你母亲。"

"这话就像是从婴儿或者乳臭味干的小孩嘴里说出来的——"

"我可没你说的那么年轻,我都三十岁了。这是一个可怕的年纪。我的眼睛周围开始出现皱纹,而且一想到我要用自己的乳房来喂养婴儿,我的心中就充满了恐惧。我不想成为一头奶牛,让我的孩子把我的力量吸走。这也是我不想要孩子的另外一个理由。之前我没敢告诉任何人。千万不要让格里知道。"

"你可以用奶瓶喂他们。"

"但那不是正确的喂养方式。这样做不利于婴儿的成长。婴儿就应该母乳喂养,医院也会强迫你这样做的。"

"这不过是医生想出来的新型报复方式罢了。比起那些旧式的分娩疼痛,这种折磨人的方式令人更加不易察觉,对那些医生来说,分娩疼痛持续的时间太短了,他们要让你忍受更长时间的痛苦。你对产房抱有恐惧是再正常不过了。在那里,仇孕心理就像杂草一样疯狂地生长着,扼杀着人们的常识还有仁慈之心。医院是一个充满了各种各样神秘故事和传说的地方,而妇产科医院比普通医院更加可怕。彼得出生的那个年代,奶瓶喂养被认为更加卫生,母乳喂养则是一个非常不好的习惯,为了给他们的这种说法找个台阶,医生就会说在喂养孩子时是不能让他们吃饱的,应该让婴儿一直处于瘦弱的状态,让他们脸色苍白,让他们一直哭,当然,前提是他们没有虚弱到哭不出来的地步。然后他们又说永远不要在孩子摔倒的时候把他们扶起来,也不要拥抱他们,因为这是溺爱,会中断他们的成长过程。这些医生真正想要表达的意思是——你永远都不应享受拥有孩子后的喜悦,无论你之前假设的情景有多美好,我们这些医生也永远不会让你拥有这种喜悦。"

"彼得现在既不瘦小也不虚弱。他有着一副健康的体魄,随他的父亲。"

"我压根儿就没有理会那些医生。只要我想喂他,或者只要彼得想要吃奶,我就会去喂他。那段时光我们生活得很快乐。后来我父亲去世了。从那以后我就沉浸在无尽的哀伤之中。好像对我来说我父亲才更像是彼得的父亲,而不是艾伦。"

"你还是没有告诉我你为什么离开艾伦。苹果做好了,你来一点尝尝吗?"

"谢谢,请加点糖和奶油。我现在感觉好一些了。我希望彼得一切都好,不过话说回来他又怎么会过得不好呢,他有陪伴他的人,他已经不再需要我了。他比自己想象的更像艾伦。"

"我觉得你应该关心关心自己的丈夫。"

"我丈夫是一个很有魅力的男人,总会有女人去照顾他的。他会先利用那些女人来实现自己的目的,接着再去伤害她们,把这些女人甩掉。"

"他不是那样的男人。你误会他了。"

"你怎么突然之间这么向着他说话啊,菲丽丝,你好像很了解他似的。你喜欢他吗?"

"你在说些什么乱七八糟的。"

"你要是喜欢他的话,我可是非常欢迎哦。"

菲丽丝的脸红了,她把糖溅了出来。

菲丽丝赶忙打扫起洒出来的碎渣,爱丝特饶有兴趣地看着眼前的这一幕。

"你穿的裤子真够紧的,"爱丝特说道,"你胖了。格里不会喜欢你变胖的。他希望自己的妻子身材小巧,不过他倒是喜欢自己的女人身材丰满,就像我一样。"

菲丽丝直起腰来,她脸上的表情充满了绝望。

"你真是一个糟糕的女人,"她说道,"我已经不知道自己应该去想什么或者感觉什么了。现在已经毫无原则可言了。"

"冷静一下,鉴于你是那么迫切地想要知道我的故事,我会接着讲下去的。几天前,彼得来看过我,比起我的母亲,我更期待看到他的到来。"

"哎呀,老妈,"彼得说道,"我希望你能回家。你这样让我很不安,虽然我离开了家,但这并不意味着你也要。向别人解释这些事情让我很尴尬,而且这个地方并不适合居住,不是吗?家里所有的一切都是那么干净整洁,你怎么能忍受住在这样的地方呢?我想你一定很伤心吧。我最近一直在为这些事情操心——我这个年纪是不该操这份心的。当板球队长已经够让我糟心了,更何况我还要对史黛芬妮负责,我没有精力再去关心一个把自己弄得可怜兮兮的母亲了。那是父亲的职责。现在做饭成了他的工作。屋子里到处摆放着关于烹饪的书籍。有一次我周末回家看见他在做饭,就说了一句'哎呀,我猜您就是萨斯曼夫人吧?您又在火炉上忙碌了呀'。然而他并没有认为我的玩笑很有趣。现在任何事情对他来说都是无趣的。哎呀,老妈,回家吧。家里死气沉沉的。"

"你现在已经有了自己的家,彼得。你可以把以前的家当成一个旅馆,只在周末时才会回去,所以无论如何,你也不应该要求你的服务员能精神饱满地为你服务。准确地说,不要对住在那里的人抱有任何期望。我住在这儿,你住在别处,而你父亲又住在另外一个地方。你和他现在做什么都是你们的自由。感谢老天没有让我亲眼看到你刚才说的情景。"

"老妈,你不让我有任何性生活。这对我来说很不公平。"

"我可没有禁止过你做任何事情。你可以和各种各样的人搞在一起——男人、女人、秃顶的,只要你愿意。只要那个人是你的另一半。"

"我知道老爸做了傻事,但请不要把火气发泄在我身上。那个女人就是一个妖精,老妈。老爸不过是一时情不自禁。你知道的,现在总是有些女人,贪得无厌但又让人无法抗拒。老爸只不过是运气差了一些才会遇到那个女人,而且那时你们两个人的情绪都比较低落。你们压根儿就不应该节食减肥。对中年人来说,食物比性爱引起的麻烦更少。一想起老爸跟那么漂亮、那么好看的女孩子发生了那种事情,我的脑海里就会产生一些可怕的、悲剧的、不好的想法。"

"你见过她了? 在哪里见的? 怎么见的?"

"她来找过我。她是为破坏我的家庭这件事而向我道歉。当时我正在写作业,等着史黛芬妮下班回家,门外突然传来一阵敲门声,接着我就把她迎进屋。她很不开心,也很沮丧。我觉得我和她之间有一种一见如故的亲切感。她善解人意,而且是那样的多愁善感。现在拥有这种性格的女人越来越少了,老妈。如今她和老爸之间已经毫无瓜葛了。她已经不再把目光集中在老年人身上了。她现在更喜欢同龄人。我觉得她成熟了。"

"我明白了。史黛芬妮对这件事有什么看法呢?"

"史黛芬妮不会有任何想法的,这是她的优点——这种什么都不会去想的性格对我来说简直就是一种解脱,让放学后的我能松口气。作为一个学生,从早到晚我都在调动着自己的大脑,即使在玩板球时我也需要很强的集中力。我真的很需要你能在家里,我想向你倾诉这些事情,你知道吗。虽然我觉得自己已经长大了,但有时候我还是会对很多事情感到困惑不解。如果没有女孩子喜欢我,那么我的生活就会变得更加枯燥,但同时也会变得更加平静,不用成天紧张兮兮的,不是吗? 我的意思是,看看老爸的生活是怎样被一个女人扰乱的吧,他只不过是喜欢上了一个女孩,这和一个人喜欢吃一道由草莓和奶油做成的点心没有什么区别。这就是老爸和她之间相处的模式——他把那个女人当作了快乐的象征符号,而并非一个人来对待。对她来说最痛苦的事情莫过于此。老妈,她需要被人呵护。她不是很懂得照顾自己。"

"她年纪比你大。你才是需要被照顾的人。"

"你说得完全正确,"彼得有些得意地说道,"我想要表达的就是这个意思。所以呀,老妈,回家照顾我吧。"

"你看看他那副样子,"爱丝特对菲丽丝说道,"一边在玩火,一边又害怕被烧伤。他和那个郊区来的苏珊发生了关系,然后又跑到我这里来寻求保护,他希望我能对他发脾气,给他个台阶,让他从乱伦的边缘回到正途。跟父亲的情人上床,那种感觉很贴近于跟父亲的妻子上床。我曾经就很喜欢我母亲那位富有的情人,因为我害怕自己会爱上我的父亲。但现在的我不会对他发火。作为一个母亲,我把能够给他的所有东西都给了他,一给就是十八年。现在他已经独立了。我想把愤怒的情感留给自己。我不会把它浪费在一个青春年少的孩子身上,他现在因为执迷不悟的乱伦行为而受到了可怕的惩罚,我不会去拯救他。我年纪比他大得多,我需要用愤怒的情感来逃离我的丈夫。"

"也许你母亲说得对,爱丝特。请试着用理性来思考问题。你用这种语气说话让我很不安。我身边的一切都和我曾经设想的不再一样,你颠覆了我的整个世界。你应该去看看医生了。我的意思是你可以去做那种传统的、生理性质的手术。你现在已经变得非常极端了。你可以把你的前额叶切除,你知道吗,然后你就永远不会再为任何事情操心了。无论什么时候你都会感觉非常幸福,无论何时。"

"可怜的菲丽丝。难道这就是你接下来要做的事情吗?如果切开你的乳房往里塞满东西不起作用的话,你就会切开自己的脑袋吗?你觉得自己不用花多大力气去追求幸福,因为你会在一转角就收获它们,对不对?不过我敢说你最终会获得幸福的,幸福会在你棺材的阴暗角落里等着你。"

"我可以向你保证我现在过得非常幸福。我只是在担心你,爱丝特。你不应该用那些词语来形容你的孩子,你不应该拒绝他向你寻求帮助的请求。他想要从苏珊·皮尔斯那里走开,得到救赎。作为一个母亲,这是你的责任。你现在应该马上收拾好行李回家。"

"我不会回家的。除非艾伦来找我,否则我是永远不会回去的。即使他来叫我回去,我也不会。我有我的自尊。苏珊·皮尔斯不久前曾经来找过我,她给我拎来了一只花盆。"

"她做的事情够奇怪的。"

"那是艾伦送给她的礼物。她说她怎么也养不活它,但她认为我可以,她不忍心就这样看着那只百合枯萎掉。她不过是拿这个当借口来找我罢了。看来她似乎想要夺取我的整个家庭。她先是和一个父亲发生了关系,然后和他的儿子发生了关系,但她还是不满足,我觉得她想要跟我搞一次同性恋。"

"真的吗,爱丝特!她可不是同性恋。她就是想要疯狂的性爱而已。"

"在我和你聊了这么长时间之后,你仍然觉得我是在用性爱来衡量人与人之间的关系吗?这跟性爱没有任何关系。性冲动只是和物种之间的繁衍有关。她想要的是在不知不觉中融入我的家庭生活。她似乎是选择了一种带有性暗示的方式来做这种事情,但这不过是一种巧合。她完全可以选择更简单的方式,比如成为我们家的女佣。艾伦把他的家庭照片放在办公桌上其实是一件不幸的事情。她一直想要伸手抓住的人其实是我,而非艾伦。当她把满是干裂泥土的花盆交给我时,我意识到了这一点。她想要睡在妈妈和爸爸的床上,她想要知道在那张床上发生了什么,她想要将自己置身于这种神秘之中。然而不幸的是,最后她发现那些所谓的神秘不过是一些微不足道的事。不过是把阴茎插入阴道,然后就是各种体位罢了。然而总是有一层阴影笼罩在性交这件事的周围,那是包裹着精神与情感的阴影,那是人们为了让自己举止得体而披在爱情外面的一件黑色斗篷,这种神秘感让人们觉得应该还有什么未被发现的事情存在。这些想法导致并激化了很多家庭内部的矛盾。"

"你在说些什么!你真是个没有信仰的人。你总是在说一些不雅的事情。你真是下流!"

"我说了什么让你如此生气?我只是告诉了你所好奇的东西。我告诉了你为什么苏珊会来找我。"

"来你这里让我感觉有些紧张，"苏珊对爱丝特说道，"不过我觉得自己还是应该来解释一些东西，让事情的结果变得更好。我希望你不要怨恨我，或怨恨你的丈夫，他是一个艺术家，你懂的。艺术家跟其他人不同。那些世俗的道德规则并不适用于他们。"

"他们身上不道德的地方在我看来既愚蠢又肮脏，和普通人没什么区别。实话跟你讲吧，无论是从他所处的职业角度来说，还是从他那缺乏内涵的灵魂来说，艾伦都不是什么艺术家，他只是一个广告商人。他虽然很有天赋、很聪明、很擅长花言巧语，也很有魅力，但是从本质上来说他只是一个平凡的人，他一直想要换一种生活方式，为此变得很情绪化。但是他的生活依旧一成不变。我可能对我的丈夫有着更多的偏见，那是因为我跟他生活了几十年，那些年我们过得很朴素、很平静，而你只是和他相处了几周的时间，你跟他之间分享的那些生活杂乱无章，你对他不会有多少偏见。"

"你跟我想象的不一样，"苏珊说道，她坐了下来，"作为一个妻子，你还真是能言善辩。"

"我很佩服你能来这里找我，向我解释一些事情。人们就是应该多做一做这样的事。那样的话这个世界会变得多么忙碌呀！日复一日，年复一年，无论白天还是晚上，不管城里还是城外，大街上响彻着敲门声。不过有一户人家的女主人永远无法回应客人的敲门声。因为她正忙着到各家各户去澄清自己。"

"我已经被你丈夫搞得紧张兮兮了。你还在挖苦我。"

"那是他的问题,别冲我抱怨。"

"艾伦现在很不开心,我很担心他,这都是我的错。我知道你也很不开心,这也是我的错。而彼得也很不开心,因为你们两人分开了。他很担心你们。求求你了,萨斯曼夫人,请回到你丈夫的身边吧。我知道我们都做了很过分的事情。但有一个人能让这一切混乱都回归原来的秩序之中,这个人就是你,你要做的事情就是回家。"

"我觉得有些话还是跟你挑明了吧。我离开艾伦这件事跟你一点关系都没有。如果你喜欢他,那么我很欢迎你跟他在一起,我向你保证我绝不会干涉你们。任何人都可以跟他在一起,没准他还能同时交往两三个女人。当艾伦跟你展开这段狂热的交往时,他的心情是非常低落的。你是他得病之后产生的症状,而不是使他患病的原因。打个比方,对于出水痘的人来说,你是水痘,而不是病毒。你把他弄得很痒,所以他就用手去抓痒。现在那些地方虽然已经不痒了,但病毒恐怕还残留着。艾伦和我所拥有的闲暇时光变得越来越多,我们可以选择的东西也越来越多,而能让我们感到痛苦的体验却越来越少,于是,我和艾伦之间出现了越来越多的不快和不满,这才是我离开他的原因。所有的这一切都和你没有一点关系。也请你不要再放纵自己了,离开这里吧。"

"你这样说让我很为难。我知道要让你理解并原谅我们是很难的一件事,因为你毕竟不是一个艺术家。爱情总是来得太突然,总是会把情况弄得很糟糕,如果你无法理解,那你一定觉得我们很奇怪。你无法体会我们身上笼罩的那种无力感,当周围的一切情况都变得急转直下,当一个人付出了所有却毫无回报,你能体会那种悲惨的感觉吗?"

苏珊的表情有了些许变化,她看上去变得更加年轻,但同时也变得更加丑陋。她哭了起来。爱丝特觉得自己应该对她更亲切一些。"萨斯曼夫人。他根本就不想要我。他想要的人是你。"

"他想要的既不是你也不是我,不是吗? 也许他想要月亮,或者他想要教皇或者女王。恐怕是你对我的竞争意识蒙蔽了你的双眼,让你无法看清这些东西。知道这些以后可能会让你感觉好一些。我并没有战胜你。咱们两个人都在这场战斗中受伤了,咱们不应再继续纠缠下去了,因为这场战斗根本就与你我无关。人们习惯于把性爱当成做任何事的借口。对了,你手里拿的是什么? 你的眼泪都滴到了上面。"

"这是一份礼物。"

"一盆土吗? 是给我的礼物吗? 真是令人高兴。"

"不要再笑话我了。这不是一盆土,这是一盆花。有株百合在里面,这是艾伦送给我的。"

"真甜蜜!"爱丝特仔细打量着那盆花,"这就是艾伦和你的孩子呀,看上去它似乎发育得不像同龄人那般茁壮,不是吗?"

"能不能别再用这么恶心的方式说话了。刚才你还是挺亲切的。我希望咱们能够成为朋友。这个世界上有太多我不了解的事情,在我身上发生的事情越多,我就越不了解周围的一切。我只是想去爱一个人,我只是想被这个人爱。我做的事情没有一样有好结果,就像这株百合,在我手上它怎么都长不好,这就是为什么我把它拿来给你,我觉得你能让它重现生机。新的生命必须破土而出。这该死的东西要是一个盆栽该多好。"

"彼得挺喜欢你的。"

苏珊的脸上闪过一丝恐惧的表情。

"你已经知道了?我不知道这一切是怎么发生的,我真的不知道。"

"他想要照顾你。"

"他真是这么想的吗?你不介意吗?"

"别装得像个小女孩一样。在长辈面前你总是表现得很弱势,是不是?你会立刻把自己伪装成很幼稚的样子。如果我是你,我就会离开这里,然后投入彼得的怀抱,让他给你解释所有的事情。他会用很纯净的眼光去看待这个世界,我的儿子性情比我更温和,衣着比我更整洁。当彼得身上小男孩特有的无助感从耳朵里掉出来的时候,你就可以帮他吸干净;当你身上的那种女孩子气从你身上每一个洞穴流淌出来的时候,彼得也可以帮你吸干净。你们可以在母亲、父亲、女儿还有儿子这些角色里面自由选择两个组合起来,只是有一条,别把我卷进你们无聊的游戏中。"

"我真没想到你会如此聪明。我母亲要是能够像你一样就好了。"

爱丝特从椅子上站了起来,一把夺过那盆花,接着将苏珊请了出去。她将牛奶瓶中装满温度适中的水,然后温柔地浇灌到花盆中,她的嘴里哼唱着一首摇篮曲。然而花盆里的泥土丝毫没有恢复生机的迹象。

"那个可恶的女人,"苏珊对布兰达说道,她丝毫没有领爱丝特的人情,"她竟然把我往她儿子身上推,让我和她儿子上床,任何一个有教养的女人都会对这样的想法感到震惊和愤怒。她真是一个非常、非常奇怪的女人。怪不得艾伦会去外面找别的女人了。"

"也许,"布兰达说道,"她想要报复艾伦。我的意思是,如果你和彼得结婚了,那么艾伦就会处在一个非常尴尬的位置。你和你公公有过一段情史,而他的情人如今却变成了他的儿媳妇,所有人都知道这件事。"

"这样一来还挺温馨的,"苏珊说道,"所有人都能友好相处。我想我会喜欢那种感觉。我会跟你一起去酒吧的,在你把自己弄得像个待产妇一样等着那个沉默男人时,我会离开你去找彼得。今天是星期三,那个短发女史黛芬妮每周三都会去拜访她的一位男性朋友。"

"你脖子周围的淤青是怎么回事?"菲丽丝向爱丝特问道。爱丝特刚跟菲丽丝说完苏珊的事情,就因为感觉不舒服而一头冲进了厕所。她出来之后便躺回了床上,解开了衣领上的扣子,脖子周围清晰可见几道发黄的旧伤痕。

"这是艾伦想要掐死我时留下的。"

"这不可能。他不可能这么做!"

菲丽丝把双手放到了脖子处,庆幸自己逃过一劫。"格里永远不会想要勒死我的。我敢肯定他不会。艾伦怎么会想要勒死你呢?"

"他把手放在了我的脖子上,然后用力挤压,试图杀了我。他想要终结我的生命,好像那样一来所有的问题就能迎刃而解。不过说真的,如果我是他的话我也会想要勒死自己。生为一个男人,结婚娶妻想必是件非常可怕的事情。从此以后你再也不能问心无愧地去做自己想做的事情了。你总是会觉得自己做错了,因为妻子永远是对的。有时候我真替男人感到难过。"

"但是他想要勒死你呀!"

"我也骂他了,我骂他是无能的老家伙。一个无能的、秃顶的老混蛋。"

"那只不过是你的气话。"

"不过我说的倒是实话,你懂的。他就是一个精神上完全无能、身体上部分无能的人。一旦我告诉了他这个事实,我就必须离开他了。我们之间已经没有一点残留的感情了。和真相相比,谎言总是不会引发什么危机的。"

"爱丝特,爱丝特!"节食减肥的最后一天晚上,艾伦兴奋地叫着爱丝特的名字,"我又轻了一磅!"体重计如今在他们的客厅里有了固定的位置。现在已经是晚上十一点了,节食减肥运动即将在十二点宣告终结。艾伦穿着他的睡袍,这件衣服和之前相比明显大了许多。

"爱丝特,爱丝特!"艾伦朝着厨房的方向叫喊着,但是没有人回应他,"又轻了一磅,想到这一点我就很兴奋!当然这也得益于我一直坚持做运动,运动有助于减肥。我可是减掉了整整十二磅呀!"

厨房里传来了一阵细小的沙沙声。艾伦从体重计上跳了下来,他粗鲁的动作导致体重计上的指针疯狂地摇摆起来,他猛地打开厨房的门,爱丝特正蜷缩在角落里,像一个刚刚偷完情的女人。她现在正在吃着一块饼干,艾伦的心头涌起了一股怒火。

"你这个骗子!"艾伦嚷道,"你欺骗了我!你竟然在吃东西。"

"你才是骗子,"爱丝特发出了反对的嘘声,她看上去已经有些疯癫了,"你总是在欺骗我。"

"你在说什么胡话!"他想把饼干从她手上夺过来,但被爱丝特躲开了。

"求求你,"爱丝特哀求道,"求求你让我吃一口吧。已经快到午夜了。噩梦就要结束了,我必须要吃点东西,我必须要吃掉它。"

艾伦一把抢过了饼干,把它扔到了厨房的另外一边。

"你夺走了我的一切,"爱丝特说道,"你夺走了我的一切,但是你却没有给我任何东西作为回报。你夺走了我的人生,还把它丢在一边。"

"你疯了,你又疯了,他们根本就没有治好你,对不对?"

"是你把我逼疯的。"

"你根本就没有自制力。我打心里鄙视你。你连几周的节食减肥都做不到。你只会在背后偷吃东西,你只会欺骗我、背叛我、对我撒谎、扭曲事实,然后一遍又一遍地欺骗我、背叛我。"

"除了吃东西,现在的我一无所有。我还剩下什么?你没有给我任何东西。没有爱、没有欢喜、没有性,什么都没有。"

"照照镜子看看你自己吧,你的样子令人恶心。你还想期待我给你什么?"

"我把一切都奉献给了你——我的青春、我的人生。但你却辜负了这一切。我把自己身上所有的爱都给了你,但你现在却要把我抛弃。"

"就好比手套用旧了要扔掉一样?"艾伦问道。爱丝特抬起了她的手,好像要攻击艾伦,但艾伦已经摆好了防御的架势。"哎呀,冷静一下,"艾伦说道,"不过是一块破饼干罢了,不要大惊小怪。你现在有些歇斯底里。为什么跟我在一起的女人最后总是会变得歇斯底里?"

"苏珊也变得歇斯底里了吗?然后发生了什么呢?"

"又来了。你到底想要干什么,爱丝特?为什么你总是不满意呢?你拥有一个家庭,还有一个孩子,你有安全感,你的丈夫每天晚上都会回到家里。我一直都很支持你。我对你也很客气。我也从来没有打过你。你比这个世界上几乎所有的女人都要幸运。"

"我告诉你我的不满是什么。如果有一天你看见我病倒了,躺在臭水沟里一动不动时,你不会把我扶起来带回家,而是从我身边走开。"

"你太胖了,我扶不起来。哈哈!"

"你的快乐总是建立在别人的痛苦之上,是不是?你的同事估计早就恨死你了。"

"天啊,给你自己切块蛋糕吃吧。我要换身衣服出门去了。"说罢艾伦便向门口走去。爱丝特抢到他前面拦住了他。

"你上哪儿去?"

"跟你没关系。"

爱丝特用背部抵着门,堵住了艾伦的去路。

"我、问、你、上、哪、儿、去?"

"去我想去的地方,去这个世界上任何远离你的地方。你让我觉得恶心。你想要囚禁我。我甚至都没有办法睡个安稳觉,因为楼下总是会传来你那听起来像小孩子一样的神经质声音。"艾伦模仿着爱丝特轻柔的声线说道,"'哎呀,艾伦,艾伦,睡觉觉啦。'你觉得我过的是什么生活?我每天都坐在那个该死的办公室里,哪儿也去不了,什么事也干不成,回到家之后还要听着'艾伦,睡觉觉'这样的话。我这辈子就这样过下去了,我很快就会死去。这样的生活都是拜你所赐,我生而为人,可是看看我现在的样子,现在的我几乎都不能算作人了。跟你说吧,娶你为妻的那一刻就是我人生的终结。你榨干了我的天赋,你的各种要求还有你唠唠叨叨的话语耗干了我的生命,你把我变成了干枯可怜的上班一族,拿着固定的收入和养老金。这不是我,我变成这样都是你的错。我恨你。你欺骗了我,夺走了我的自由,还有我的生命。你偷走了它们。"

"你这个可怜的、秃顶的、无能的老家伙。肮脏下流的老男人,我读过你写的东西。我看过你写的那些性爱幻想。只有疯子才会觉得有人愿意出版那种书。那些文字就是一个疯子的疯言疯语。"

"你才是疯子,我可不是。我压根儿就不想跟你做爱,我怎么可能会有那种想法。"

"我鄙视你,你这个可怜的家伙。"

"滚开,别挡我的路!"艾伦想要把爱丝特推开。

"就不让开。你想去哪儿?去找你的苏珊吗?"

"对,没错,你很吃惊吗?是你把我逼成这样的。你打错了如意算盘。萨斯曼夫人。"

"你的算盘打得也不怎么样。你就没想过我也有可以去的地方吗?男人从来不会考虑这些问题。你觉得我会乖乖待在家里,用着你施舍给我的东西吗?"

"你什么意思?"爱丝特的脸上掠过一抹自鸣得意的微笑,但很快就消失了。"你刚才说的是什么意思？谁会想要你这样的货色？这个世界上还会有人想要你吗？"

"你一定很内疚，"爱丝特说道，"我明明什么都没有说，你就在那里自顾自地假设我也出轨了。我可什么都没有说哦。"

"你这个浑身肥肉的荡妇。"艾伦想把爱丝特从门口处推开，但爱丝特张开双臂抵抗着，她的样子就像被钉在十字架上一样。两个人就这样无声地扭打在一起。艾伦比爱丝特强壮，即使爱丝特的块头已经很大了，艾伦把门打开也是早晚的事情，不过爱丝特并没有屈服。爱丝特不停地让自己的脸出现在艾伦出拳的轨迹上，她几乎是故意在这样做。艾伦借着爱丝特的手打了她一巴掌，爱丝特则用她的指甲抓着艾伦的脸颊。艾伦双手掐住了爱丝特的脖子，然后用力挤压着。直到爱丝特瘫倒在地上，艾伦才松开双手。他打开门，离开了厨房。爱丝特就这样听着艾伦走向卧室、穿上衣服、披上外套、走下楼梯，接着从前门走了出去，她极力地想要从地板上爬起来。过了一会儿，爱丝特抬起头环视着厨房，她站起身来，用手指沿着满是尘土的窗台划了过去，她咒骂着茱丽叶没有把厨房打扫干净。随后她拿出一些饼干，接着把牛奶倒进了平底锅里，她准备给自己做一杯可可。

"就在那个夜晚，那个女人离开了艾伦，"在酒吧里，苏珊对布兰达说道，"艾伦跑过来找我，之前他可是从来没有在晚上来过，他只会在午餐时间或者下班回家时顺路来找我。我没有让他进门。我不想再被那样对待了,我不想再被当作一个旧垃圾桶,用来处理他那些旧垃圾。我一直在想威廉会不会突然出现——啊,正在走过来的那个人不就是你那位沉默的朋友么?"

布兰达的脸腾的一下就红了,她放低了自己的视线。那个男人看见了她,他看上去似乎有些惊讶,但随即又变得很高兴,他穿过人群,坐到了她的身边。苏珊起身准备离开。"那我就先走了,"苏珊说道,"我要去找彼得了。你可要保证是他请你喝酒,而不是反过来。"

"我又不能跟他对话,我没办法要求他做任何事。我只能接受他现在的样子,不是么?"

"那就把你的价钱提高。这样一来他会更尊重你。"

"我的生活非常枯燥乏味,"菲丽丝对爱丝特说道,"格里从来没有想过要勒死我,他的那些女朋友也从来没有找过我。也许事情并不像格里自以为的那样,他根本就没有那么多女朋友,他只不过是嘴上说说而已——"菲丽丝充满希望地看着爱丝特,但爱丝特丝毫没有同意或反对她的迹象,菲丽丝只好继续说道,"也许他们之间的关系很快就结束了,那些女人没有机会找到我的住处。我认为格里一旦得到了他想要的东西,他就会对这件东西失去兴趣。"

"你算是说对了,"爱丝特说道,"他先是会对一样东西感兴趣、然后再失去兴趣,接着把它完全抛弃。这就是格里,一个非常无趣的人,并不值得我们过多讨论。"

菲丽丝陷入了沉默。过了一会儿,她吃了一块饼干。

"真有意思,"爱丝特说道,"我竟然一点也不觉得饿了。我觉得你那位讨人厌的主治医生说得对。是我把自己搞得病怏怏的,不过现在我得到了净化,我感觉好多了。把这些东西吃光吧,菲丽丝,这样一来你就会感觉好多了。苏珊来找我的时候,你知道最令我惊慌失措的事情是什么吗?是她称呼我还有艾伦的方式,她叫我萨斯曼夫人,而用教名来称呼艾伦。我突然意识到自己原来不过是艾伦生活中非常渺小的一部分,这个事实令人难以接受。"

"你接下来要做些什么呢?"

"什么也不做。就这样待在这里。吃吃东西,读读书,然后等待死亡的到来,我会被埋在地下,我的身体会腐烂,我的灵魂会回归自然。"

"你又说傻话了。"

"这才是事实,"爱丝特说道,"我的人生已经圆满了。我的生活已经结束了。这些都是显而易见的事情,真的。我是一个女人,但我同时也是一只动物。所有的女人都是动物。她们无法控制自己的行为。她们认为自己必须生养孩子——这其实是一件毫无价值的事情,也没有什么值得沾沾自喜的地方,它只不过是一种盲目的本能罢了。在我还是一个小女孩时,我想找一个男人跟我一起生个孩子。我的视线落在了艾伦身上。后来我有了自己的孩子。现在我的孩子已经长大了,而我也不再需要男人了。我要摆脱他。他也不再需要我了,因为女人比男人衰老得快,我已经不能为他生更多的孩子了。如果他想要生更多的孩子,就让他去找别人吧,让他们把这些事情再重新做一次。不过这些都是他自己的事情了,与我无关。我体内的欲望已经没有了,我已经枯竭了。我已经没有用了。我是一个负担。我要等待死亡的来临。菲丽丝,我觉得自己又饿了。"

"我可不是一只动物。"

"你这个胆小鬼。你这个神经质的女人,你披着一头卷发,穿着一身性感的小西装。你不是动物是什么?你跟我说过,你有一次被链子拴在床上。事实上你就应该被这样对待。因为你就是一只雌性动物,你的大脑、你的思想,你的一切优越感也不会改变这个事实。你就是一只雌性动物,你的身体就是用来生孩子的,生完孩子之后你就会被抛在一边。如果你不生孩子,你很快就会被扔到垃圾堆里,接着被路人践踏,就像空牛奶盒一样。走着瞧吧。"

"你还是没有恢复正常。"

"我已经不指望恢复正常了。"

"楼梯上有人下来了,"菲丽丝说道,她坐在窗户旁边,伸长脖子抬头看着,"天啊,是艾伦!是你的丈夫。"菲丽丝把头转向了她的朋友,样子显得有些惊慌,她的声音颤抖着。

"不要这么惊慌失措的,"爱丝特说道,"我知道你跟他之间的事。"

"你怎么知道的?你说这话是什么意思?"

"从你今天的表现就能看出来。不过无所谓啦。我不认为你们两个人有谁会享受这种事。这是一个以牙还牙的简单故事。你可以多想想'以牙还牙'这个词,然后添油加醋地把这个故事给你的胸部整形医生讲一遍。"爱丝特起身走到门口,把她的丈夫迎了进来。艾伦生气地穿过玄关走了进来。

"你在这里做什么?"艾伦冲菲丽丝说道,"你现在又要搞什么恶作剧吗?"

"爱丝特感觉非常不舒服,"菲丽丝说道,"她需要帮助。我很高兴你能来这里——爱丝特又开始说胡话了。"

"你又在搞什么呢,爱丝特?同时生活在两个地方简直太荒唐了。我以为你很快就能恢复理智,然后回家。你的行为已经给大家造成了不便。你现在冷静下来了没有?可以回家了吧?"

"别杵在这儿唠唠叨叨的,给我立刻消失。你这个自大无趣的老家伙。"

"彼得需要你。这些天他一直都很不安。他在感情方面还很不成熟,他还没有定性。"

"我认为他会好起来的。"

"他需要的人是你。"

"我也有需要,你懂的。"

"我脸上的伤已经快好了。这个伤疤把我弄得很难堪。而且伤口有些感染。你的指甲里面肯定非常脏。"

"哎呀,可怜的东西。"他的妻子说道。

"你真的不能再这么歇斯底里了。你这样做给咱们彼此都带来了太多的伤害。你不能继续住在这个猪圈一样的地方了。他们收你多少租金?"

"每周五英镑。"

"简直是抢劫。这里这么潮湿,简直就是贫民窟。从我出生以来,我还没见过这样的地方。"

"咱们结婚的第一年就是住在这样的房子里。"

"那是个可怕的地方,我想起来了。你又变胖了,你看上去状态很不好。"

"我只是回到了之前的样子,那时候还没开始你那可怕的节食减肥。"

"我当时也在节食减肥。"艾伦说道。

"你这算是道歉吗?"

"我为什么要道歉?让这一切都过去吧,回家吧,爱丝特,别再做傻事了。"

"我喜欢这里,没有人在我面前唠叨。我呼吸的空气都变得清新,现在我的喉咙也不那么肿了。"

"喉咙?"

"就是你用力掐我的那个部位。"

"是你逼我的,你刺激我的。"

"我还是先告辞了。"菲丽丝轻声说道。

"噢,不要走,"爱丝特假哭道,"请留下来喝茶吧,亲爱的菲丽丝。你也希望她留下来,对不对,艾伦?"

"能不能停止你的这种行为,"艾伦说道,"你既然离开了我,你就应该想到会有什么样的后果。"

"那苏珊的事呢?"

"跟她有什么关系。"

"我可没有出轨,我没有任何过错。"

"我当时正在节食减肥。我很不安。而且因为那本小说我还跟我的版代还有出版商之间闹得不愉快。这些对我来说是很丢人的事情,而且你也没有在这个时候对我伸出援手,爱丝特。苏珊对我来说什么都不是。"

"可怜的苏珊,在你眼里什么都不是。我觉得她会报复你的。"

"怎么报复?"

"别在意,那是另一码事了。总有一天我会告诉你的。"

"妻子最后总会取得胜利。"菲丽丝说道,语气中充满了希望,她把身子挪到了逆光的位置,这样一来她身上那对崭新的整过形的乳房就显得尤为突出。她这样做是为了吸引艾伦的注意,但艾伦压根儿就没有看她。"她们需要的,只是坚持足够长的时间。"

"你这个神经质的女人,烂大街的臭婊子,虚情假意的贱货,"爱丝特说道,"我再也受不了你了,菲丽丝。能不能把你的身子还有你那对乳房挪开,然后带着这个既唠叨又无趣的男人一起滚?"

"我说的都是真的,"菲丽丝坚持道,她的声音听起来有些歇斯底里,"妻子最终是会胜利的。"

"关于什么的胜利,又击败了什么?"

"请二位都冷静一下,"艾伦说道,"爱丝特,你不应该继续待在这里,浪费着你的金钱,这样做毫无道理。待在这里你也不可能开心。你还不如回家,至少在家里你还能帮得上忙。"

爱丝特双手捂着头,像是被打败了一样。

"没错,"爱丝特说道,"我们不应该浪费金钱。我想也许我也可以说服自己,把另外一个地方当成这里,反正待在哪里对我来说都没有什么区别。"

菲丽丝开始抽泣。

"天啊,你能不能闭嘴,菲丽丝,"艾伦说道,"为什么你总要在别人的家庭争吵中不断插嘴?爱丝特,我希望你带的行李不多,我只开了迷你来。"

"只有我离开家时带的那些东西,一些旧衣服。我会把那些平装书扔在这里,还有那盆愚蠢透顶的植物,咱们也把它丢掉吧。"

"那盆植物正在生长,"菲丽丝说道,"我能留着它吗?"爱丝特起身走到窗台边,凝视着花盆,表层的泥土中显露出来一点点绿意。她显得非常高兴。

"天啊!你的意思是说我把它救活了吗?你的意思是说这株

植物是因为我才开始生长吗?艾伦,过来看!"

但是艾伦并没有转过身来,他正观察着橱柜里的食物,眼神里充满着惊喜。

爱丝特耸了耸肩。

伦敦城的另一边,苏珊正依偎在彼得的肩膀上,幸福地向他哭诉着和威廉度过的那段家庭生活时光,还有和艾伦经历的那场性爱冒险之旅,彼得正仔细地用布兰可牌增白剂擦拭着他的板球护具。酒吧里,布兰达正与那名无法交流的男人手牵着手,这份甜蜜的爱,还有自己内心的感激之情让她有些不知所措,泪水模糊了她的双眼,男人用自己随身携带的洁白手帕温柔地抹去了她眼角的泪水,他在想,眼前的这位女士想必是喝多了,他必须尽快把她送回家,否则她很可能会睡着。